KB056441

나 의   빌 라

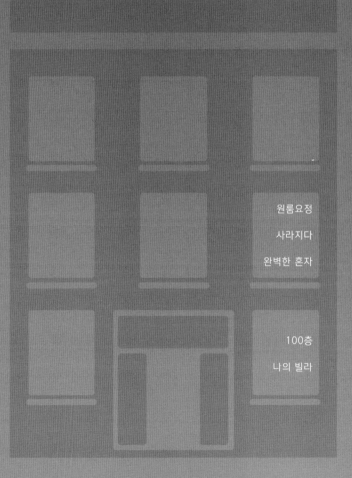

나의 빌라

이한나
소설집

원룸요정

사라지다

완벽한 혼자

100층

나의 빌라

카노푸스

원 룸 요 정

젠장. 낭패다. 이 슈퍼마켓에서는 콜라비를 팔지 않았다. 양배추? 양상추? 나는 다른 샐러드 채소를 떠올려봤지만 어느 것도 끌리지 않았다. 게다가 내가 예상한 가격보다 너무 비쌌다. 무엇보다 나는 콜라비를 원했다. 아삭아삭 딱딱하고 시원한 콜라비의 식감을 느끼고 싶었다. 내가 콜라비를 먹고 싶은 이유? 딱히 없다. 건강을 위해서 과일이나 채소를 먹으라는 뉴스, 매일 같이 나온다. 지금 내 건강을 책임질 채소는 콜라비 뿐이다.

생각해보니 며칠째 라면, 빵으로 끼니를 때웠다. 갑자기 몸 어딘가에서 암세포가 스멀스멀 자라나고 있는 것 같았다. 과일이 먹고 싶었지만 과일은 너무 비싸다. 그래서 그나마 저렴한 채소로 결정! 일이 끝날 시간을 기다리며 어떤 채소를 살까 고민했다. 그러다 콜라비가 생각났다. 갑자기 콜라비의 시원한 맛이 상상되었다. 먹어야겠다.

지하철에서 내려 집으로 가는 길에 위치한 슈퍼마켓은 이미 들렀다. 콜라비 하나에 2천원이라 몇 번이나 들었다 놨다 고민하다 구입은 포기했다. 콜라비는 과감히 놔두고 매장 안을 돌아다녔다. 내가 좋아하는 상품은 아니지만 라면 봉지 한 묶음이 1980원이었다. 2천원에서 20원 빠진 가격. 라면 하나당 400원꼴이다. 나는 덤이 하나 더 붙은 봉지를 장바구니에 담았다. 그리고 다음 주 점심으로 먹을 식빵 한 줄을 샀다. 식빵 세일을 하지 않아 아쉬웠다. 오늘도 늘 그렇듯이 식빵과 라면을 사 슈퍼마켓을 나섰다.

집으로 가는 길에 내내 과일과 채소 생각이 났다. 내가 요즘 지독하게 피곤한 게 비타민과 무기질이 부족한 것도 같았다. 그래서 길을 빙 둘러 집에서 조금 먼 바로 이 슈퍼마켓까지 온 것이다. 여기에 콜라비가 있으면 사자 굳게 결심하고서. 그런데 내 바람과 달리 이곳에서는 콜라비를 팔지 않았다. 아까 들렀던 슈퍼마켓보다 더 큰 매장인데.

오늘도 몸을 건강하게 만들어준다는 과일과 채소가 없는

식사를 해야 한다. 어쩔 수 없지. 집으로 가는 길에 식당과 가게가 자꾸 눈에 들어온다. 언제쯤 나는 돈 걱정 없이 내가 좋아하는 음식을 마음껏 먹을 수 있을까. 오늘도 여지없이 큰 한숨만 내쉬면서 집에 들어섰다.

콜라비의 아삭아삭한 식감이 여전히 입안을 맴돌았다. 하지만 그건 상상 속의 세계였다. 나는 냄비에 물을 붓고 가스레인지 불을 켰다. 오늘 저녁도 라면이다. 하릴없이 냉장고 문을 열어보았다. 텅텅 빈 냉동실, 냉장실에는 팍 쉬어버린 김치 한 통과 얼마 전 할인할 때 사둔 달걀 몇 개가 전부였다. 대파라도 라면에 슥슥 썰어 넣으면 좋겠건만. 그나마 달걀이라도 남은 게 어디냐 싶었다.

식탁 대신 사용하는 의자 위에 생활정보지를 깔고 냄비를 놓고 텔레비전을 보면서 라면을 먹는다. 매일 똑같은 하루다. 텔레비전 방송도 똑같은 화면에 똑같은 방송이 나오는 것 같다. 라면을 다 먹고 사무실에서 가져온 커피믹스 한 잔. 이게 내 유일한 낙이다. 라면냄비를 설거지통에 두고 물을 끓여 컵에 커피를 탔다. 다시 텔레비전을 보기 위해 방에 앉으려다 그대로 컵을 엎고 말았다. 겨우 종이컵 한 잔 분량의 커피물

인데도 방바닥과 의자, 이불 위에 잔뜩 갈색 얼룩이 묻었다.

급히 수건이든 화장지든 가져와 닦아야 하는데 그러지 못하고 가만 서 있었다. 이걸 바로 닦지 않으면 방바닥은 분명 끈적거릴 테고, 이불에는 커피 자국이 남을 것이다. 그런데도 바보같이 입을 크게 벌린 채 소리도 지르지 못하고 서 있다.

의자 위 내가 신문지 대신 깔아둔 생활정보지에 이상한 것이 서 있었다. 대충 보면 다이소에서 파는 인테리어 소품처럼 생겼다. 길이는 15센티미터 정도. 얼핏 보면 날씬한 사람 모형을 본뜬 인형처럼 곧은 자세였다. 게다가 머리, 가슴이 구분되고 사람 비슷한 부위에 팔과 다리가 두 개씩 붙어 있었다. 내가 방금 전까지 라면을 먹었던 곳에, 그러니까 나 혼자 사는 곳에 갑자기 인형이 뿅하고 나타난 것도 놀라운데 이 인형이 움직였다. 그러니 내가 커피를 쏟고도 놀란 자세로 그대로 서 있을 수밖에. 그 인형인지 뭐시기인지는 강아지가 이상한 것을 보았을 때처럼 고개를 갸웃거렸다. 그게 머리가 맞다면 말이다.

나는 한참이나 크게 벌린 채였던 입을 다물고 두 손으로 입을 가렸다. 이쯤하면 내가 소리를 질러야 하는 타이밍 맞다. 하지만 나는 여전히 소리를 지르지 못했다. 이걸 어떡해야 하나. 도둑인가. 때려야 하나. 머리에 피가 하나도 통하지 않는 것처럼 차가워졌다. 주변을 둘러보았다. 무기로 삼을 만한 것이 무엇이 있는지 찾았다.

그럼에도 무섭다는 생각은 들지 않았다. 아무래도 상대의 키가 내 손바닥 정도에 불과해서다. 여차하면 손바닥으로 딱 때리자, 그렇게 생각하고 의자 위에 있는 존재에게 다가섰다. 그동안 맨손으로도 충분히 모기나 바퀴벌레를 잡았던 솜씨 발휘를 해보자. 나는 손을 뻗어 이상한 존재의 몸을 한손으로 꽉 쥐려고 했으나…….

"초면에 실례지만 바로 악수는 무리입죠."

나는 그대로 쓰러질 듯 뒤로 물러났다. 이상한 존재가 말까지 한다. 내가 미쳤거나 세상이 악령에 물들었거나 아니면 라면만 먹다 영양실조에 걸린 지도 모르겠다. 벌써 내가 헛것을 보고 헛소리를 들을 지경에 다다른 모양이다. 하지만 그보다 먼저 이 이상한 존재의 정체를 밝혀야 한다. 다행스럽게도 말은 하지만 여전히 작다. 누가 뭐래도 크기 면에서는 내가 한참 우세다. 이번에는 오른팔을 뻗어 그 존재를 꽉 잡았다.

잡혔다. 의외로 이 놈 약하네. 놈을 잡았다.

"원한 게 악수가 아니었습? 그래도 이런 성추행은 자제 하십죠."

뭐래 이놈이. 이놈이 해로운 물질을 쏘지 않을까 겁을 내면서도 내 눈 앞으로 가져왔다. 내 손아귀에 잡혀 머리와 팔, 다리를 바둥거리는 폼이 정말 인간과 흡사하다. 인간을 얼마나 줄이면 이놈과 같은 몸집이 될까? 이런 궁금증은 내 손안에 잡힌 이상한 존재에 대한 호기심으로 바뀌었다.

"흠흠. 인사가 늦었습죠. 저로 말할 것 같으면⋯⋯."

지금 열심히 말하는 이 존재는 무엇인가. 나는 그놈을 유심히 살펴보았다. 작은 몸집은 내 주먹 안에 모두 들어가고, 그 사이로 머리와 팔, 다리가 나와 흔들리고 있다. 이 모두가 무척 이질적으로 보였다. 나는 오른손을 좌우로 재빨리 흔들었다.

"제가요오옹. 이이이서어억즈으응이 있어⋯⋯. 습죠습죠습죠."

이놈은 내가 한참 흔드는 와중에도 계속해서 입을 놀렸다. 정체가 무언지는 모르겠지만 수다스런 놈임에는 분명하다.

그런데 이 녀석이 무엇이더라. 소설이나 영화에 인간처럼 생긴 작은 생명체에 대한 소재가 많이 등장한다. 하지만 그건 모두 인간의 상상이 만들어낸 작품 아니었나. 내 앞에 인간과 비슷하게 생긴 작은 존재가 있다. 게다가 말까지 잘한다. 아니 잘한다기보다는 많이 한다.

혹시 이런 작은 놈들이 세상에 살고 있었고, 그것을 우리가 모르고 지나쳤을까. 소설이나 영화를 만든 사람들은 이런 존재를 눈치 채고 상상력을 발휘했겠지. 나는 계속 흔들던 오른손을 멈추었다. 한없이 흔들리던 머리와 팔, 다리가 멈추었다. 그 존재는 어지러운 듯 한동안 말이 없더니 다시 나를 빤히 쳐다본다. 내 한손으로 잡은 작은 놈이지만, 이렇게 나를 쳐다보고 있으니 조금 무서워졌다. 경찰에 신고할지, 사진을 찍어 인터넷에 올릴지 고민이 되었다.

하지만 고민을 할 틈도 없이 이번에는 다시 오른손을 위아래로 격렬하게 흔들었다. 감히 이놈이 나를 물었다. 이놈의 이빨에 강력한 독이 있어 얼마 뒤 내가 꼴까닥할지 모르나 지금은 겨우 손이 간지러운 정도였다. 그래도 머리를 내 손등에 파묻고 무는 모습을 보니 조금 무서웠고 괘씸했다. 이놈아,

죽어라! 이 작은 놈을 죽인대도 누가 나를 처벌하지는 않겠지. 생각해보니 설령 이놈이 죽더라도 시체를 없애는 데는 아무런 문제가 없다. 나는 더 신나게 이놈을 흔들었다.

"켁켁켁. 제에바아알~"

손 흔드는 것을 잠시 멈추었더니 격렬하게 흔들리던 머리와 팔, 다리 움직임도 잠시 뒤 멈추었다. 이놈은 그제서야 손을 비비기 시작했다.

"잘못했습죠. 제가 뭐를 잘못했는지 물으시면 그게 뭔지는 모르겠지만 하여튼 일이라는 게 그렇잖습죠. 제 첫 인상이 마음에 안 드셨을 수도 있고, 아니면 저녁식사가 부실해서 그런 것일 수도 있습죠."

이 녀석은 계속해서 말을 뿜었다. 다시 손을 흔들까 결심했을 때, 내 생각을 포착했는지 그놈이 손을 거세게 비빈다. 몸의 대부분이 내 손아귀 안에 있는 터라 움직임이 매끄럽지는 않았다.

"살려주십죠. 원하는 건 다 들어드리겠습죠. 숨이 막혀서 그런데 저를 놔주습죠. 제가 이런 몸으로 어디를 갈 수 있겠습?"

어디서도 듣도 보도 못한 이상한 작은 존재. 괴상한 말투로 주절거리며 꼭 영화나 동화에서나 나올 법한 상상 속 생명체. 나는 혹시 이놈이 알라딘에 나오는 요정 지니 같은 부류가 아닐까도 생각했다. 딱히 그렇게 믿었다기보다는 나의 희망사항이랄까. 아직 세상물정 모르는 갓 30대 초반이지만 그래도 세상 좋은 일은 나를 빗겨간다는 만고불변의 규칙을 몸서리치게 느끼는 중이다. 그런데 나한테 모든 소원을 들어주는 요정이 생긴다면? 일단 10억을 달라고 해 그걸로 아파트를 사자.

아니다. 10억 가지고는 너무 부족하다. 10억으로 서울에서 괜찮은 아파트를 사려면 땡전 한 푼 남지 않는다. 20억? 그래서 10억짜리 아파트 사고, 10억으로 생활비를 하자. 그럼 몇 년, 혹은 몇 십 년은 돈 걱정 없이 살 수 있겠지? 에이, 쩨쩨하게. 이왕 달라고 하는 거 통 크게 100억! 그래 100억으로 결정. 아니, 달라고 하는 김에 1,000억은 어쩌려나. 나는 약간 음흉한 눈빛으로 그놈을 바라보았다. 이놈이 소원만 들어준다면 이 작고 더러운 방은 안녕이다. 당분간 라면과 식빵도 바이바이. 고급 레스토랑에서 스테이크와 파스타를 먹는 거다. 아차차, 비타민과 무기질을 위해서 샐러드도 시키자. 내 입에서는 배시시 웃음이 나왔다.

나를 빤히 바라보던 작은 놈은 내 변화가 어색한지 어리둥절한 표정이었다. 녀석이 두 손바닥을 맞대고 뭔가를 바라는 표정을 짓기에 나는 꽉 쥐고 있던 손을 느슨하게 풀었다. 그 사이 그놈은 재빨리 내 손에서 벗어났다. 행동이 잽쌌다. 내 돈줄이 사라지고 있다. 나는 다시 그놈을 잡기 위해 손을 재빨리 휘저었다.

"아효. 성격도 급하슙죠. 저 어디 안가슙죠. 여기 있을 테니 공격적인 행동만은 제발."

녀석은 생활정보지 위에 양반다리를 하고 앉으려다 바로 일어섰다. 녀석이 앉으려던 곳이 내가 라면국물을 흘린 자리지 뭔가. 찝찝한 듯 나를 바라보고 어쩔 수 없다는 표정을 짓는 녀석이 조금 괘씸했다. 녀석을 그냥 확! 바퀴벌레도 한번에 아작 낸 내 손바닥 파워를 보여주마. 하지만 녀석은 표정을 풀고 다른 자리에 가 앉았다.

"너는 뭐지?"

내 집에서 울리는 내 목소리가 이렇게 어색할 줄이야. 전

화통화를 할 때 빼고는 이렇게 집에서 누군가와 얼굴을 마주
보고 대화를 나눠본 적이 없었다. 이상한 몸뚱이에 달린 저것
을 얼굴이라고 해도 된다면 말이다.

"인사가 늦었습죠. 아시다시피 사정이 있었습죠. 저는 요
정입습죠."

"요정?"

요정이라고? 옛날이야기에 나왔던 그 요정? 의도치 않게
나도 모르게 콧방귀가 나왔다. 게다가 이놈의 말투라니. 어느
시대에서 튀어나온 건지 듣기 거북할 만큼 어색했다. 한국어
를 어디에서 배웠는지 모르겠지만 다시 배워야 할 판이다. 내
가 한국어 강사는 아니지만 싸게 해줄 테니 나한테 배워도 좋
고. 물론 강의 한 번 하는데 1억씩 내시라.

"네. 저는 위기에 처한 사람 고민을 들어주고 도움을 주는
착한 요정입습죠. 제 마음을 몰라주고 처음에 공격을 당했지
만, 이거야 흔한 일이니까 잊어버릴 겁습죠. 마음 놓으셔도
됩습죠."

이놈이 정말 요정이라고? 나는 믿을 수 없었다. 인공지능이
니 블록체인이니 뭐가 뭔지 모를 말로 점철된 4차 산업혁명

시대라고 떠들고 있는 이때, 내 눈 앞에 요정이 나타나다니. 그냥 물고기로봇을 만들려는 과학자가 잘못 만든 미니 인공두뇌 로봇이거나 아니면 요정 드론이라는 게 더 그럴듯하다.

두 손으로 뺨을 세게 때렸다. '짝' 소리가 났다. 아무래도 내 몸에 손을 대려다 보니 더 세게는 못 때리겠다. 정신을 잃을 만큼 아프지는 않았지만 아무래도 꿈은 아닌 것 같았다.

그러니까 이게 정말 요정? 혹시 램프요정 지니처럼 내 소원을 모두 들어주는 건가? 아파트와 넉넉한 돈만 있으면 앞으로 걱정 없이 살 수 있겠지. 아니야. 그런 동화책에는 항상 함정이 숨어있지. 아파트와 돈을 가져도 바로 불치병에 걸리는 것처럼. 그러니까 일단 돈을 엄청 많이 달라고 하고 그 다음에 건강을 달라고 하고 그 다음에는 무엇을 달라고 할까.

나는 이상한 존재의 갑작스런 등장에 깜짝 놀란 것도 잊고 어느새 꿈에 빠져들었다. 나에게 돈 100억이 생긴다면. 아니야. 현실감 있게 딱 10억만 있어도 좋다. 그래 너무 욕심 부리지 말자. 그걸로 싼 오피스텔을 하나 사서 지금처럼 아끼면 적은 돈으로도 문제없이 살 수 있다. 어느새 나는 돈 걱정 없이 카페에 가서 브런치를 시키고 내가 좋아하는 닭강정을 마음껏 먹는 모습을 상상했다. 그런데 어찌하여 내가 원하는 건 다 먹는 것뿐이더냐.

"아차차. 그런데 너무 앞서가는 상상은 금물입습죠."

이놈은 내가 무슨 상상을 하는지 뻔히 아는 것 같은 표정이었다. 고얀 놈. 나는 공상에서 벗어나 내 앞에 있는 요정이라고 주장하는 작은 생명체를 바라보았다. 만약 사람처럼 길게 늘인다면 지나치게 마르고 팔과 다리가 길고 목도 긴 이상한 형태가 되리라. 대가리는 긴 목에 달려 흐느적거리겠지. 그래도 눈과 귀가 두 개씩 달리고 코와 입의 형태도 사람과 비슷하다. 솜뭉치 같은 것이 머리털처럼 붙어있었다.

"너는 무슨 요정이냐?"

"하하. 저는 무엇이든 많이 먹고 많이 뱉어내는 요정입습죠."

에라이. 쌍. 그럴 줄 알았다. 돈이나 행복, 사랑을 선물하는 요정인줄 알았더니 먹보 요정이라니. 나도 제대로 못 먹고 사는 마당에 벼룩의 간을 빼먹을 셈이냐.

"먹을 걸 원한다면 식당이나 백화점 같은 데를 갔어야지."

그렇다. 내 눈앞에 갑자기 나타날 줄 아는 능력을 가진 요정이라면 먹을 게 많은 장소를 가야 이득 아닌가. 지나친 길치라 우리 집으로 잘못 온 게 아니라면, 이놈이 나를 놀리는 게 분명하다. 화가 치밀어 올랐다. 비타민과 무기질이 부족한 나에게 평온이란 없다. 내 표정을 확인했는지 자칭 요정이라는 놈이 다급해졌다.

"잠깐만습요. 이성을 찾으십죠. 사람은 모름지기 감정보다 이성이 앞서야합죠. 제가 무얼 먹고 뱉어내는지 아시면 '깜짝' 놀라실겁습죠."

요정은 쇼맨십이 뛰어난지 깜짝이라는 말을 스타카토처럼 강조하며 말했다.

"흥! 그게 뭐냐?"

무시해버리고 싶었지만 내 눈 앞에 나타난 신기한 존재이니 궁금하긴 했다. 세상에 요정을 실제로 직접 본 사람이 얼마나 되겠는가.

"제가 정말 어디서도 듣도 보도 못한 걸 보여드립죠. 그럼 지갑을 좀⋯⋯."

지갑이라는 말에 몇 년간 빈궁한 상태로 경제위기상황을 겨우 극복해가는 내 마음에 경보신호가 울렸다. 이 녀석 어디서 훈련받은 소매치기 아니야? 아니면 내가 사기를 당하는 중인지도 모르지. 혹시 보이스피싱? 최면을 이용한 신종 사기인지도 모른다. 조심해야 한다. 삐뽀삐뽀! 돈 조심, 지갑 조심.

"명예를 중시하는 요정인 저를 못 믿으시겠다면 저는 이대로 사라집습죠. 하지만 제 능력이 궁금하다면 지폐 한 장만 꺼내주십죠. 천원도 괜찮고 만원은 좋고 5만원이면 더 좋습죠."

내 지갑에 5만원권 지폐가 있을 턱이 있나. 혹시나 하고 지갑을 확인해보니 만원 한 장에 천원 세 장, 그리고 동전 몇 개가 전부였다. 지갑을 열어 지폐를 살피는 사이, 이놈이 어느새 소중한 만원을 쏙 빼앗아갔다. 역시나 도둑이다. 요정이라는 놈은 자신의 몸을 가리고도 남는 만원을 두 손으로 힘겹게 들었다. 저 만원은 내 며칠간의 생존도구다. 뺏길 수 없다.

내 행동을 보고 요정이라는 새끼는 내 만원을 들고 방안을 힘겹게 날아다니더니 파리처럼 천장에 붙어 만원을 자신의 입속으로 집어넣었다. 그 행동이 맛있는 닭강정을 먹는 내 모습과 똑같았다. 그러니까 이 작은 새끼가 내 만원을 먹어치운 것이다. 녀석은 맛있는 음식인양 만원을 꿀꺽 삼켰다. 어느새 반으로 줄어든 만원. 반 정도 줄어든 돈이라도 한국은행에 가면 새 돈으로 바꿔줄지 모른다. 나는 벌떡 일어나 녀석을 잡으려 했다. 그러자 녀석은 다시 날아다니며 나머지도 먹어치웠다.

아이고. 박복한 년. 소원 들어주고 재물을 펑펑 선물하는 요정도 많은 판국에 돈을 먹어치우는 파렴치한 요정을 만나다니. 나 같이 하루하루 겨우 버티고 사는 사람에게 나타난 이 악독한 악마. 이 새끼야, 너는 월급도 제대로 주지 않고 거들먹거리는 사장 새끼보다 더 나빠.

"야! 씨발 개새끼야. 돈을 먹어치울 거라면 당장 은행으로 꺼져버려."

내 입에서는 온갖 육두문자가 나왔다. 요정 새끼는 이런 말에는 상관없이 두둑해진 배를 어루만지며 만족한 표정을 지었다. 그리고는 천장에 달라붙어 낮잠을 자는지 낮게 그르렁거리기 시작했다. 나는 의자를 가져와 녀석을 벽에서 떼어내 당장 머리, 팔, 다리를 몸통에서 떼어내 고문하기로 했다. 그것만이 어이없이 세상을 떠난 내 만원에 대한 복수가 되리라. 내 안에 숨은 잔혹함과 잔인함을 오늘 만천하에 드러내리. 내가 의자를 끌고 녀석의 아래로 가자 녀석이 슬쩍 눈을 뜨고는 나를 바라보았다.

"아이고. 성격이 급하시긴. 조금만 기다리시면 됩습죠. 조금이면, 아주 조금."

녀석은 다시 그르렁거렸다. 나는 삶의 의욕을 잃고 그대로 의자에 걸터앉아 두 손에 고개를 파묻었다. 요정이 나타났고 그 요정이 내 돈을 먹어치웠다. 누가 믿겠는가만은 어쨌든 방금 이 앞에서 벌어진 사건이다. 내 두 눈앞에서 돈이 사라졌는데 아무 것도 못하고 망연자실 앉아 있었다.

"어흐흑."

갑자기 천장에서 잠을 자던 녀석이 이상한 신음소리를 냈다. 뭐야, 이 녀석. 내 속을 아주 박박 긁어놓는다.

"죄송한데. 제가 지금 민망한 상황이라서. 저를 쳐다보지 말아주셨으면 좋겠습죠."

녀석은 애절한 말투였다. 그런다고 내가 그 말을 들을쏘냐. 고개를 들어 녀석을 강렬한 눈빛으로 노려보았다. 내 눈빛이 레이저가 되어 녀석을 없애주기를 바라면서.

녀석이 갑자기 바지인 것 같은 무언가를 벗더니 다시 신음소리를 냈다. 이 녀석, 똥을 쌀 모양이다. 돈을 먹어치운 것도 모자라 내 방 천장에서 똥을 싸다니. 내 온 몸은 분노에 휩싸였다. 나는 의자를 녀석의 아랫부분에 가져다 놓고 기필코 녀석을 한손으로 잡아 어떻게든 작살을 내놓으리라 결심했다.

그렇게 다시 의자에 올라섰는데, 내 눈앞에 무언가 흐물흐물한 파란 것이 떨어졌다. 둘둘 말린 무언가가 녀석의 똥꼬에서 떨어졌는데, 그게 자꾸 내 눈길을 사로잡았다. 냉큼 잡았더니, 내 손가락에 익숙한 촉감이 느껴졌다. 돌돌 말린 그것을 조심스레 펴보니 내 예상이 맞다. 그러니까 조금 민망하지만 녀석의 똥꼬에서 만원이 나왔다. 나는 감격에 겨워 만원이 방바닥에 떨어질세라 손에 꼭 잡았다. 녀석의 소화기는 돈을 그대로 통과시켜 내보내는 역할을 하는 모양이다.

그런데 녀석의 똥꼬에서 나온 것이니 조금 더럽기도 했다. 절대 그러기는 싫었지만 슬쩍 냄새를 맡았더니 똥냄새는 나지 않았다. 대신 돈 냄새가 물씬 풍겼다. 분명 녀석의 위장에는 돈 냄새를 뿌리는 박테리아가 가득하리라. 다행스럽게도 만원은 다시 내 지갑으로 들어갈 수 있었다.

갑자기 코피 루왁 커피가 생각났다. 사향고양이가 커피원두를 먹고 배출한 것이 고급커피 재료가 된다. 그럴 거라면

만원이 5만원이 되면 얼마나 좋겠는가. 만원을 다시 되찾자 마음이 편안해진 나는 녀석이 만원을 먹고 5만원을 뱉어내는 요정이 아닌 것이 불만이었다.

내가 의자에서 내려가려는 찰나, 녀석은 다시 요상한 신음 소리를 냈고, 또 다른 만원이 녀석의 똥꼬에서 나왔다. 그러니까 녀석은 만원을 먹고 만원을 계속 뱉어내는 현금지급기였다. 요정 맞네. 으하하. 나는 갑자기 세상을 다 가진 것처럼 든든해졌다. 나는 만원을 다시 급히 집었다. 그리고 또 다른 만원이 나오지 않을까, 녀석의 똥꼬에 해당하는 부분을 유심히 바라보았다. 녀석은 내 눈길을 확인하고 후다닥 바지 같은 것을 끌어올렸다.

그리고는 '꺼억.' 하고 거센 소리를 내며 트림을 했다. 돈 냄새가 진동했다. 내 방에 이런 강한 돈 냄새가 풍기다니.

"자꾸 쳐다보시면 신고할 겁습죠."

"돈 내놔."

녀석의 능력을 본 순간 나는 이성을 잃었다. 녀석이 또 다른 만원을 내놓기를 바랐다.

"처음부터 너무 무리입습죠. 저희도 근무환경이란 게 있습

죠. 그걸 지켜주셔야 제가 돈을 먹고 돈을 뱉어낼 수 있는 것
습죠."

녀석의 이상한 말투도 이제 사랑스럽게 느껴졌다. 말투가
무슨 상관이랴. 돈을 뱉어내는 능력이 있는데. 나는 갑자기
등장한 뜻밖의 행운에 헤실헤실 웃음이 자꾸 나왔다. 이제 나
도 돈 걱정 없이 살아보자. 야호! 초반부터 너무 욕심을 부리
지 말자. 그냥 매일 만원으로 10만원만 만들자. 그럼 돈 걱정
없이 살 수 있다.

요정은 내가 혼자 상상에 빠진 사이 위험은 없겠다 싶었는
지 다시 의자에 내려앉았다. 그리고는 머리를 한 손으로 받치
고 드러누웠다. 그 자세가 거만하기 이를 데 없었지만 그 정
도야 다 이해할 수 있다. 아니, 녀석이 옷을 다 벗고 소리 지
르고 춤춘대도 상관없다. 옷을 몇 벌 찢어도 좋다. 그리고 방
바닥에 똥을 싸지른대도 일단은 괜찮다. 그런데 녀석의 똥은
돈이지, 아마. 으하핫.

약에 취한 것처럼 행복감이 머리끝까지 차오른 나는 녀석
을 두 손으로 고이 잡아 함께 춤을 추었다. 얼굴로 추정되는
부위에 내 입술을 갖다 대고 뽀뽀를 했더니, 두 팔을 거세게

흔들며 싫어했다. 좋아서 그래요, 요정님. 녀석을 가까이에서 바라보니 얼굴의 형태가 인간과 닮았을 뿐 기묘한 이질감이 느껴졌다. 확실히 인간은 아니다. 정체가 무엇인들 돈을 만들어낸다면 만사 오케이다. 한참 신나 미친 것처럼 행동하는 나를 요정이 한심하다는 듯 쳐다보았다. 그 표정을 보니 정신이 돌아와 요정님을 다시 의자에 고이 내려놓았다.

요정은 나에게 자신이 돈을 만드는 시스템에 대해 설명해주었다. 만원을 먹으면 2만원을 내놓는다. 5만원을 먹으면 대충 15만원을 싼다. 50만원을 먹으면 녀석의 몸 컨디션에 따라 다르지만 대략 500만원은 거뜬히 쌀 수 있단다. 100만원이 들어가면? 녀석은 역시 쇼맨십이 뛰어나다. 내가 대답을 기다리는 동안 한동안 뜸을 들였다. 내가 침을 꿀꺽 삼키며 녀석을 황홀하게 바라보자 컨디션이 나쁘면 몇 천 만 원 정도, 컨디션이 좋으면 1억이 넘는 돈을 싸기도 했단다. 나는 숨이 턱 막힐 것 같았다.

처음에 요정의 존재에 대해 의심하고 감히 흔들어댔던 것이 미안했다. 죄송해 몸을 최대한 수그리고 고개를 조아려 빌고 싶었다. 녀석에게 두 손, 두 발로 사죄해야겠다. 하지만 녀석은 그런 과거는 모두 잊었다는 듯, 내심 태연하게 자신의 능력을 설명했다.

꿈속에서 희열을 맛보던 나는 곧 꿈에서 깨었다. 젠장. 그런데 나한테는 지금 당장 50만원은커녕 5만원도 없다. 월급날까지는 한참 남았다. 그리고 월급이 들어오자마자 카드 값에 월세, 휴대폰 요금에 관리비, 전기요금, 가스요금 등등 돈 나갈 일투성이다.

"돈이 없는데."

"무슨 소리야? 5만원도 없다고?"

"응. 지금은 2만 3천원. 이게 전부야."

2만원 가운데 만원은 녀석의 똥꼬에서 나온 결과물이다. 녀석의 말투가 어느새 이상한 극존칭에서 반말 투로 바뀌었다. 그 변화가 너무 극심했지만, 나는 모른척했다. 반말투는 제법 평범한 한국인과 비슷한 것을 보아하니 내가 한국어 강사로 돈 벌 일은 없을 것이다. 그래도 돈 먹고 돈을 싸준다는데, 녀석이 반말을 하던 나를 물어뜯든 상관없다.

"회사는 안 다녀?"

"다니는데 월급이 엄청 짜. 월급 들어와 봤자 카드값이나 월세 내고 하다 보면 밥도 제대로 못 사먹어."

나라고 믹스커피대신 스타벅스에 가서 카페라떼 한 잔 마시고 싶지 않겠는가. 그래도 그 커피 한 잔 값이면 라면을 몇 개나 살 수 있다. 커피 한 잔 값으로 내 몇 끼니를 해결 할 수 있는 것이다.

녀석은 뭔가 곰곰이 생각하는 눈치였다.

"어디 돈 나올 구멍이 없나? 가족이나 친구한테 빌린다거나."

나는 고개를 강하게 저어 그럴 사람이 없다는 메시지를 전달했다. 부모님이 학자금대출을 갚아준 것만으로 감사했다. 그리고 친구라니. 이제 만나는 친구라야 누가 결혼한다고 할 때나 만난다. 누구는 결혼했고 누구는 대기업에서 잘나가는 직장인이고 누구는 자기 회사를 차렸다. 돈 얘기를 편히 할 수 있는 친구라야 나처럼 처지가 뻔하거나 백수인 경우가 전부다. 말하자면 누가누가 빈궁하게 사느냐, 돈이 없느냐를 자랑하는 사이였다.

"대출은 안 되나?"

"핏."

대출이라니. 내 월급이라야 최저임금을 겨우 넘는다. 사장은 최저임금보다 많이 준다고 거들먹거리지만, 막상 계산해 보면 기껏해야 시간당 몇 백원 많은 수준이다. 매달 백만 원을 조금 넘는 돈으로 지금까지 생활을 꾸려온 것만도 기특하다. 이런 빈약한 경제수준에 대출이 가당키나 할까.

녀석은 심각한 표정을 지었다.

"내가 큰 마음 먹고 간만에 나타난 건데, 이런 상황일 줄은 몰랐네. 혹시 어디 돈 나올 데는 없을까?"

녀석의 진지한 눈빛을 보니 내가 더 미안했다. 나도 요정 찬스를 잃기는 싫었다. 내 인생에 언제 이런 대박 기회가 생기겠는가. 돈을 몇 배로 불려준다는 소리는 사기꾼이나 할 법한 이야기다. 지금 내가 돈은 없지만 사기꾼이나 다단계에 속을 만큼 정신까지 없지는 않다. 그러나 지금 이 요정님은 다르시다. 진지하게 나에게 돈의 탄생을 보여주셨다. 그러하여 나는 돈을 요정님께 갖다 바쳐야 하지만 돈이 없는 걸 어떡하나. 주식이 활황이니 가상통화가 대박을 쳤느니 어쩌니 할 때마다 그건 딴 세상 소식이었다. 하루 벌어 하루 사는 삶도 이리 힘든데 남는 돈이 어디 있어 투자를 하겠는가. 그러다보니 다행히 주식이나 가상통화 투자로 돈을 잃지는 않았다는 사실에 위안을 삼았다. 마이너스보다는 0이 낫다며 스스로를 위로해온 삶이었다.

녀석은 이제 숫제 자산관리사로 변신했다. 내 월급과 지출 사항을 꼼꼼히 따져 돈 나올 구석을 찾고 있다. 녀석의 제안이라고는 카드 값과 월세를 내지 말라는 거였지만, 이미 한번 아니 몇 번 그랬던 적이 있었다. 치과에서 치료비가 너무 많이 나왔고 갑자기 정신이 이상해졌는지 백화점에서 코트를 한 벌 샀다. 그런 식으로 몇 번 큰돈이 나갔을 때, 나는 카드 값을 밀리거나 월세를 못 냈다. 불안한 상태로 몇날 며칠을 지냈다. 카드사에서 전화가 오고 집주인이 연락을 하면 죽을죄를 지은 듯 목소리를 낮추었다. 그런 경험은 다시는 하고 싶지 않다. 나같이 소심한 사람은 연체니 뭐니 하는 건 불가능하다. 뉴스를 볼 때마다 장기연체자의 가슴 두둑한 배짱이 부럽기만 했다.

녀석은 한참이나 내 통장과 지갑을 내려다보며 고민했다.

"보험이 하나 있네."

그래. 보험이 하나 있다. 내가 대학을 졸업하고 지금은 망하고 없는 작은 회사에 취직했을 때, 친하게 지냈던 선배가 찾아왔다. 축하한다며 밥을 사겠다는 자리에서 선배는 보험 소개에 열을 올렸고, 나는 얼결에 보험에 가입했다. 부동산 관련 회사에 다닌다던 선배는 어느새 보험판매업으로 전업한 상태였다. 나는 초짜의 순진함을 유지한 채 선배의 먹이가 돼 버렸고, 그렇게 가입한 보험이 어느새 5년이 넘었다.

"이 보험 해지하면 그래도 몇 백은 나오겠네."

"몇 백은 나온다고?"

"그동안 보험료 낸 것만큼은 아니지만, 기간 생각해보면 반 정도는 나올걸. 그거야 정확히 계산해봐야 하지만. 보험 해지하면 돈 좀 생기겠다."

"보험을 해지한다고?"

"야야! 이 보험이 뭔지 알아? 아플 때 이 보험이 병원비 제대로 줄 것 같아?"

회사를 다니면서 보험을 파는 사람을 여럿 만났다. 친척, 학교선후배는 물론 동기에 회사선배 등 정말 많은 사람이 나를 찾아 안부를 묻고 보험 얘기를 꺼냈다. 거기에 지금도 누군지 모를 낯선 사람들까지 더하면 나는 보험 얘기만 총 몇 달 분량은 들었을 것이다. 이후에 만난 보험판매원이야 돈이 없어 가입을 하지는 못했지만, 내가 가입했다는 보험을 보면 모두 손사래를 쳤다. 돈 낸 만큼 보장을 받지 못하는 좋은 보험은 아니라고 말이다. 그때는 자기 상품 팔려고 하는 소리인 줄 알았는데…….

"이거 보험가입년도를 보니 아무것도 모를 때 그냥 생각 없이 든 거네. 가족이나 친구가 보험 들으라고 해서 계약한 거. 견적이 딱 나와."

"그으래? 학교 선배가 들으라고 해서 들은 건데."

"이건 보험료 꼬박꼬박 내도 아무 소용없어. 아프다고 보험금이나 제대로 주면 몰라. 보험약관이나 증권은 제대로 확인했어?"

"아니."

"그럴 줄 알았어. 들어오는 돈이 쥐꼬리니 당연히 너한테 돈이 없지. 그런데 그 와중에 이 보험처럼 쓸데없는 돈이 매달 빠져나가는 것도 문제라고. 진작 보험은 해지했었어야지."

"보험 하나는 있어야하지 않아?"

"보험 있으면 좋지. 회사에서 4대 보험 들었지? 요즘 의료 보험 얼마나 좋아. 웬만한 건 이제 저렴하게 치료받을 수 있어. 그래도 불안하다 싶으면 좋은 보험이야 있지. 큰 돈 들어갈 때 치료비 부담 덜어주는. 그런데 이건 아냐. 이건 쓰레기 보험이야. 보험회사랑 보험 파는 사람한테나 좋은 거지, 이건 가입한 사람은 병신 만드는 상품이라고. 내가 보장하는데 어디 아파서 치료비 받으려고 하잖아. 그럼 이걸로는 절대 돈 못 받을걸. 받더라도 아주 쥐꼬리. 요만큼. 요만큼만 받을 수 있을걸."

녀석이 그렇지 않아도 작은 몸에 엄지와 검지로 내 눈에는 잘 보이지도 않는 틈을 만들고는 '요만큼'이라고 몇 번이나 강조했다. 왠지 얄밉다. 그럴 줄 알았다. 보험을 팔자마자 그렇게 살갑게 굴던 선배는 연락도 없더라니. 그동안 꾸준히 보험료를 낸 내가 등신이다.

"그래 해지하자. 해지."

"그렇지. 그럼 몇 백은 해결."

녀석은 보험 해지하자는 결심을 자기 일처럼 좋아했다. 이제 나는 녀석의 조언대로 신용카드 홈페이지에 들어갔다.

"신용카드는 왜?"

"혹시 현금서비스나 카드론 같은 거 가능한가 싶어서."

"현금서비스? 카드론?"

"일단 신용카드 쓰면 카드사에서 신용에 따라 얼마 정도 가능하거든. 그걸 확인해보자고."

"나 예전에 카드 값 연체한 적 있는데, 그래도 될까?"

"어휴. 첩첩산중이다, 너. 그동안 어떻게 산 거야? 그래도 한번 확인은 해보자."

그래서 신용카드 홈페이지에 들어갔다. 처음 접속하니 이런 사이트가 그렇듯이 온갖 것을 설치하는데 시간이 상당히 걸렸다.

"하여튼 은행 놈들, 인터넷 개떡으로 만드는 건 기똥차요. 그럴 바에 보안이나 신경 쓰고 고객개인정보 보호에나 만전을 기해야지. 뭘 그리 깔아대라고 그러는지."

어느새 노트북 자판 옆에 딱 달라붙은 녀석은 주절주절 비난을 쏟아냈다. 아무래도 보험이나 은행에 대한 정보가 나보다 빠삭한 것이 신기하다.

드디어 신용카드 홈페이지에 접속이다. 내가 쓴 금액, 결제할 금액 등의 정보가 떴다. 항목이야 뻔하다. 차비와 슈퍼마켓에서 구입한 것들. 내가 금액에 눈이 팔린 사이, 녀석이 노트북을 두드렸다.

"정신 차려, 정신. 내가 언제까지 최상의 컨디션이 아니야."

나는 신용카드 홈페이지에서 녀석이 원하는 메뉴를 선택했다. 내 우려와는 달리 뜻밖에도 나는 얼마간의 현금서비스가 가능했다. 따져보니 아주 적은 카드한도 내에서 사용하지 않은 금액을 현금서비스로 제공하는 듯했다.

"현금서비스도 되는데?"

"그럼 신청. 오케이?"

나는 어느새 녀석에게 세뇌된 사람처럼 고개를 끄덕였다.

다음날 나는 회사에서 눈치를 보며 보험회사에 전화를 걸어 보험해지 의사를 알렸다. 과장된 말투로 해지를 만류하던 직원은 해지 후 보험금을 입금할 계좌를 알려달라고 했다. 보험회사가 나처럼 중도해지 하는 사람들 때문에 돈을 번다더니 그게 맞나 보다. 그래 보험회사 직원이여, 오늘은 회식을 하시오. 호구가 멍청한 바보짓을 하였소. 시간이 흐르고 내 휴대폰에는 보험회사에서 돈을 입금했음을 알리는 문자가 도착했다. 월급을 뛰어넘는 액수에 가슴이 두근거렸다. 점심

시간에는 은행에 가 ATM에서 신용카드 현금서비스를 받았다. 보험회사에서 입금된 돈도 뺐다. 한 번에 뺄 수 있는 금액이 얼마 안 돼 나는 몇 번이나 카드를 넣고 돈을 빼냈다. 나는 주변을 살피고 내 전 재산인 현금을 잽싸게 가방에 넣었다.

점심을 대충 때우고 사무실에 앉았다. 그날 하루 종일 일이 손에 잡히지 않았다. 마음은 구름속을 헤매는 것처럼 둥둥 떠다녔다. 요정이 내 돈을 불려줄 미래는 아직 현실이 아니다. 지금 당장은 가방에 든 돈이 걱정이었다. 화장실에 가서도 가방이 걱정 돼 제대로 볼일을 볼 수 없었다. 전화통화를 하면서도 문서를 작성하면서도 나는 가방에서 느껴지는 현금다발을 확인했다.

집으로 돌아오는 길은 더 불안했다. 혹시나 누군가 돈을 훔쳐가지 않을까 미칠 지경이었다. 가방을 옆에 착 붙이고 현금다발이 내 몸에 닿게 했다. 퇴근길 사람 무리에서 나는 그 느낌이 사라질 때마다 소스라치게 놀랐고, 혹시라도 누가 눈치 챌까 조심스럽게 돈이 무사한지 만져보았다.

그렇게 동네에 도착하니 진이 다 빠졌다. 바로 집으로 달려가 침대에 누워 쉬고 싶었지만 아직 그럴 때가 아니었다.

이제 부자까지는 아니지만 빈곤 상태를 벗어날 돈을 마련할 시간이다. 이때 피곤에 절어 있을 수는 없다. 나는 힘을 냈다. 편의점에서 산 제법 비싼 도시락을 옆에 끼고 현관문을 열고 들어서자 천장에 들어붙어 있던 요정이 반갑게 맞이했다.

"돈은?"

"여기 있지."

나는 가방에서 현금을 꺼냈다. 내가 이런 현금다발을 언제 만져봤던가. 나는 현금다발을 의자 위에 가지런히 올려놓았다. 녀석은 5만원 다발 옆에 무릎 꿇고 앉아 돈을 셌다.

"이것만 해도 충분하지."

녀석은 씩 웃었다. 그 웃음이 마음에 들지 않았지만, 지금 나는 녀석에게 충성을 다해야 한다. 요정님, 충성충성!

"지금 내 컨디션이 별로야."

"뭐시라."

이건 무슨 청천벽력 같은 소리인가. 녀석은 자신이 돈을 만들어낼 때 컨디션이 좋아야 같은 돈을 먹어도 더 많은 돈이 나온다며 컨디션 타령을 했다. 컨디션이 좋으면 돈을 많이 만들어내지만 지금은 컨디션이 별로라나. 당장 녀석의 컨디션

향상을 위해 부드럽게 마사지를 하고 원한다면 노래를 불러주고 아니면 자양강장제라도. 컨디션을 위해 뭘 할깝쇼? 아무리 컨디션 난조를 보인데도 이 돈으로 최소 몇 천 만원 정도는 만들 수 있겠지. 내 애절하고 간절한 눈빛을 바라보고 녀석은 손을 흔들었다.

"걱정은 그만. 내가 보여줬다시피 우리는 돈을 먹고 똥으로 싼다고. 그런데 우리에게도 인권이 있어. 그런데 그걸 인간이 옆에서 보면 자괴감이 들면서 내가 뭐하는 건가 싶고, 이러자고 내가 태어났나 싶어."

나는 녀석이 천장에서 돈을 싸버린 것을 기억해냈다. 그리고 고개를 끄덕였다.

"그래서?"

"그래서라니? 내 요정으로서의 자존심이 달린 문제야."

"천으로 가려줄까?"

녀석은 고개를 숙이고 좌우로 흔들었다. 뭔가가 마음에 안 드는 모양이다.

"보통은 어떻게 하는데?"

그러자 녀석이 고개를 쳐들었다. 역시 저 띠꺼운 표정이 영 마음에 안 든다.

"우리는 사람이 없는 데서 작업을 해야 해. 처음에야 네가 나를 워낙 죽일 듯이 흔들어서 그냥 모르겠다 하고 자존심 다 버리고 보여준 거지만. 생각해봐. 이걸 전부 다 작업하려면 내가 얼마나 회의감이 들겠어. 먹고 싸고, 먹고 싸고 그런데 그걸 또 네가 뚫어져라 쳐다보고 있고. 똥 싸다 말고 '이러다 죽어야지,' 이런 생각밖에 안 들겠냐고. 인간 앞에서 엉덩이 다 드러내놓고 똥을 싼다니. 어휴. 상상하기도 싫다."

"그래서 원하는 게 뭔데?"

그러니까 녀석의 요구는 내가 사라져야 한다는 거였다. 그럼 그렇지. 동화책에서도 그렇지 않은가. 뭔가 행운이 있으면 그만큼 나가는 것도 있다는 것을. 이 방에는 돈이 남겠지만, 내가 사라지는 거다. 그게 뭐야?

"아니. 내 말은 그런 뜻이 아니라, 다른 사람들은 며칠 정도 다른 데 가 있어."

"다른 데?"

"친구 집이나 본가 있잖아."

본가라. 내일 당장 회사에 가야 하는데 여기서 3시간이나 걸리는 본가에 갈 수는 없다. 돈이라도 몇 십억 만들어낸다면 당장 회사를 때려 치겠지만, 그럴 수준의 돈은 생기지 않을 테니 어쨌든 내일 출근은 해야 한다. 친구 집이라. 돈도 못 빌리는 처지에 퍽도 친구 집에서 재워달라고 할 수 있겠다.

"돈도 있겠다. 호텔가는 사람도 있어."

"호텔?"

"여기서 호텔비 조금 빼 가면 되지."

"어휴. 호텔에서 지내려면 여기 있는 돈 다 써도 모자라."

"호텔 아니면 모텔. 그래 모텔도 있지. 거기는 괜찮겠다."

나는 어디로 가야 할지 고민됐다. 말이 모텔이지 혼자 모텔을 가는 건 조금 꺼려진다. 그렇다고 호텔을 가자니 돈이 만만치 않게 들것이다.

"며칠이나 밖에 있어야 돼?"

"이 정도 돈이면 닷새? 아니 넉넉잡아 일주일?"

"일주일? 일주일이나 밖에 있으라고?"

아무리 모텔이라도 일주일간 자려면 비용이 만만치 않게 들 것이다. 나는 최대한 현금을 남겨두어 녀석이 더 많은 돈을 만들어내도록 하고 싶었다.

나는 5만원 다발에서 두 장을 빼냈다.

"지금 당장 사라져주면 되지?"

"그럼 고맙지."

나는 당장 밖으로 나가지 않고 편의점 도시락을 싹싹 비웠다. 그리고 큰 가방에 며칠 동안 입을 옷과 화장품, 세면도구를 챙겼다.

녀석은 경례를 하듯 한 손을 이마에 대고 인사했다. 나는 가방을 들고 밖으로 나왔다. 밖으로 나오자 일말의 불안감이 감돌았다. 혹시 녀석이 내 돈을 갖고 도망가 버리는 것은 아닐까 하는. 하지만 그러기에는 녀석의 몸집이 너무 작다. 나는 잠시 집근처를 맴돌다 큰길가로 나왔다.

첫째 날은 24시간 패스트푸드점과 카페에서 시간을 보냈다. 잠을 자다 말다 하다 새벽에 일찍 출근했다. 큰 가방을 보이지 않게 사무실 구석에 숨겨두고 화장실에서 세수를 했다. 사무실에서 커피믹스를 두 개나 타먹었다. 잠을 제대로 못자 꿈인지 현실인지 모를 시간이 아주 천천히 느릿느릿 흘러갔다.

이대로는 안 되겠다 싶어 둘째 날 찜질방으로 향했다. 가족이나 친구와 함께 방문한 적은 있지만 혼자는 처음이다. 그래도 뜨끈한 바닥에 누우니 몸이 녹았다. 누가 휴대폰을 훔쳐 가지 않을까 하는 불안감과 누군가의 코고는 소리에 뒤척였지만, 잠시나마 휴식다운 휴식을 했다. 개운하게 목욕까지 하고 말간 얼굴로 회사에 출근했다.

　다음날 나는 신용카드가 결제되지 않는다는 사실에 가슴이 철렁했다. 한도초과라니. 혹시 녀석이 내 신용카드를 도용한 것이 아닌가 걱정됐다. 무언가 잘못되었다. 불안한 마음에 신용카드 회사에 전화를 해보고서야 내가 받은 현금서비스가 신용카드 한도에 포함되었다는 사실을 알게 되었다. 다행이다 싶으면서도 한심했다. 얼마 되지 않는 돈에 쩔쩔매는 현실이 마음에 들지 않았다. 그래도 며칠만 있으면 현금서비스 금액을 모두 갚을만한 돈을 모두 갖게 된다는 사실에 위안을 삼았다. 불안한 마음을 억누르며 시간이 어서 가기를 기다렸다.

　주말까지 밖에서 시간을 보내는 건 정말 지옥이었다. 패스트푸드점과 카페도 하루 이틀이지 며칠이나 그러니 엉덩이가 아팠다. 주변을 산책하고 서점에서 책을 둘러보고 아주 천천히 밥을 먹어도 시간은 가지 않았다.

　그래서 나는 집에 가기로 결정했다. 녀석은 처음에 예상

기한을 5일로 잡았다. 5일 정도는 밖에서 버텼으니 지금 집에 가도 괜찮지 않을까 생각했다. 녀석에게는 침대에서 잔다고 하면 될 일이다. 며칠간 편히 잠을 자지 못했다. 아마 가자마자 침대에 쓰러져 버릴 테니, 녀석의 요정권은 걱정 안 해도 된다. 그리고 녀석은 걱정 안 해도 된다. 나도 요정 똥꼬 보는 건 한번으로 족하니까. 그래도 정 수치스러워 한다면 다시 나오자, 그렇게 결심하고 5일 만에 집으로 향했다.

콧소리가 절로 났다. 집은 어떤 모습일까. 집으로 향하는 길에 기대가 가득했다. 더럽기는 하지만 녀석의 위아래에서 나오는 돈 냄새가 내 방을 가득 채웠기를 바랐다. 집 근처에 도착했을 때 나는 코를 킁킁거렸다. 녀석이 처음 만원을 먹고 트림을 했을 때 엄청난 돈 냄새가 풍겼다. 지금 몇 백 만원을 쌌을 테니 돈 냄새가 엄청날 것이다. 혹시 후각이 예민한 도둑이 돈 냄새를 맡고 내 집을 턴 것은 아니겠지.

돈이 내 생각만큼 많이 모이지 않았을지라도 몇 배는 불어났을 것이다. 5만원짜리 현금다발이 눈에 선명했다. 빨리 보고 싶었다. 벌컥 현관문을 열자 방은 조용했다. 돈이 보이지 않는다. 불안감이 엄습했다. 녀석이 도망쳤나, 내가 속은 건가 싶은 찰나 녀석이 천장에 붙어 그르렁 거리고 있다는 사실을 깨달았다. 그런데 녀석이 하나가 아니었다. 녀석과 비슷한 녀석이 셋이 더 있었다. 그러니까 방 천장에는 녀석이 넷으로 붙어 있었다. 그런데 돈은 없다. 나는 '쾅' 소리를 내며 문을 닫았다. 4중창처럼 울려 퍼지던 그르렁 소리가 멎었다. 그리고 넷은 소리가 나는 곳을 바라보았다.

"도둑인가?"

"아냐. 집주인."

"지금 올 때가 아닌 것 같은데."

"그러게. 조금 일찍 왔어."

"위기 상황인가?"

"봐야 알지. 내가 설명할게."

넷은 속삭이듯 대화를 나누었지만, 내 귀에 선명하게 들렸다. 넷 중 내가 만났던 이로 추정되는 녀석이 몸의 방향을 돌렸다.

"왜 이렇게 일찍 왔어? 내가 넉넉하게 일주일을 달라고 했잖아."

"처음에 5일이라고 해서. 그런데 돈은 어디 있지?"

"그게 말이지."

넷이 지금부터 5만원을 신나게 설사처럼 주르륵주르륵 쌀 작정이라고 말하기를 바랐다. 아니면 돈이 너무 많아 빈 서랍 속에 넣어두었다고. 그것도 아니면 요정의 능력을 발휘해 내 통장에 고이 돈을 불려 입금했다고. 하지만 나는 녀석이 말을 하기 전에 무언가 일이 잘못되었다는 사실을 깨달았다.

"뭐냐고?"

"잠깐. 진정해봐. 어떻게 된 거냐면. 우리 존재는 돈을 먹으면서 사는 존재야."

"그래 알아. 돈을 먹고 돈을 더 많이 싸는 거잖아."

"말이야 쉽지. 그게 우리한테 엄청 부담이야. 우리 생존과 직결되는 문제라고. 돈을 먹고 더 많이 싸는 게 솔직히 열역학법칙에 위배되는 건 알겠지?"

"그래서. 내 돈은?"

"돈은 여기 있잖아."

녀석은 천장을 가리켰지만 내 돈은 어디에도 보이지 않았다. 혹시 투명해진 5만원을 천장에 벽지처럼 붙였나 싶어 눈에 불을 켜고 쳐다봐도 돈의 낌새는 보이지 않았다.

"돈이 어디 있냐고? 돈이. 내 돈 말이야! 내 돈!"

나는 악을 질렀다. 내 피 같은 돈이 모두 사라질 판이다. 당장 저놈을 요절내야한다. 상황이 심상치 않아서인지 녀석은 천장에 머리를 댄 자세로 날았다.

"그러니까 이 친구들이 바로 너의 소중한 돈이야. 우리는 돈에서 탄생하지. 여러 상황에 따라 다르지만, 대략 백만원에 한 생명이 탄생할 수 있어. 그러니까 너는 무려 세 명이나 내 동료를 탄생시킨 거라고."

"고맙습죠. 제 생명의 은인입습죠."

나는 녀석들의 탄생 설화 따위는 상관없다. 내 돈을 내놓아라. 녀석이 애초에 설명했던 대로 몇 천만 원이 아니라도 좋다. 그냥 내가 은행에서 뽑은 그 금액 그대로라도 좋다. 그것만 있어도 지금 내 머리끝까지 솟구쳐 오르는 화가 가라앉을 것이다. 나는 그대로 녀석들의 아래로 달려갔다. 그리고 의자를 가져와 녀석들을 잡으려 했다.

"자자. 진정하라고. 돈의 가치가 하나만 있는 게 아니잖아. 그동안 외롭던 나한테 동료를 만들어낸 것만으로 만족하⋯⋯."

나는 이미 이성을 잃었다. 나는 그대로 의자에 올라 녀석들을 잡으려 했다. 한동안 천장에서 이리저리 움직이던 녀석들의 눈초리에 불안감이 가득했다. 내가 결단코 녀석들의 눈알과 혓바닥을 뽑아내고 말리라.

"이거 상황이 너무 위험한데."

"안 되겠다."

다른 녀석들이 한마디씩 거들었다. 이것이 내 화를 더 북돋웠다. 나는 손을 이리저리 뻗어 녀석들을 잡기 시작했다.

"미안. 정중하게 인사를 하고 싶었는데. 그럼 안녕."

녀석들은 녀석이 올 때 그랬던 것처럼 내 방 천장에서 갑자기 사라졌다. 마치 아무 것도 없었던 것처럼 방은 고요해졌다. 나는 의자에 올라 멍하니 한참이나 서 있었다. 입이 턱턱 막혔다. 눈물은 나오지 않았다. 머리까지 올라왔던 열기는 그대로 사라졌고, 온몸에 냉기가 가득했다. 나는 의자에서 내려와 바닥에 앉았다. 이불 밑에 5만원 몇 장이 깔려 있었다. 녀석들의 탄생에 일조하지 못하고 남은 금액이었다. 나는 그대로 고개를 쓰러뜨렸다. 돈이 있어야 마음껏 슬퍼할 수 있다는 것을 지금 깨달았다.

사 라 지 다

신 여사님이 관리사무실 문을 살짝 열고 눈치를 살피다 나만 혼자 앉아있는 것을 보았다. 여사님 뒤에는 청소수레가 놓여 있었다.

"아이고, 이를 어째, 태선 씨. 이번에도 휴지가 몽땅 사라졌어."

발을 동동 구르는 폼이 간단히 넘길 문제가 아니었다. 문제는 몇 주 전부터 시작됐다. 관리실장은 어느 날 청소를 맡은 여사님들을 모아놓고 화장실 휴지 사용량이 많다고 화를 냈다. 사람들이 화장실에서 휴지를 많이 사용하는 건 분명 여사님들의 잘못은 아니다. 여사님들이 빌딩 입주 기업의 정수기에 설사약을 몰래 타지 않는 이상은 말이다.

관리실장은 누군가 휴지를 몰래 훔쳐가는 것 아니냐는 뉘

앙스를 풍기며 여사님들을 닦달했다. 여사님들은 관리실장이 말하는 누군가가 자신들이라는 사실을 깨닫고도 아무 말도 못했다. 평소 같으면 자기들 잘못이 아니라고 입이 댓발 나와 항의했겠지만 최저임금 인상 여파로 인원을 줄이네 마네 하는 분위기여서 다들 몸을 사렸다. 여사님들은 나에게 하소연했지만 나도 할 수 있는 게 없었다. 관리실에서도 얼마 전 나보다 훨씬 오래 일했던 종규 씨가 공식적으로 잘린 상태였다.

"우리만 족칠 게 아니라 관리사무소에서 뭔가 대책을 마련해야 하는 것 아니야?"

신 여사님은 안달하던 표정을 벗어던졌다. 그렇지 않아도 대책이 필요했다. 화장실 화장지 실종 사건은 이상한 점이 한두 가지가 아니었다. 특이하게도 여자화장실에서만 휴지 사용량이 폭증했다. 분명 오후 청소를 마치고 얼마 남지 않은 화장지를 새것으로 바꾸어놓아도 아침이면 텅텅 빈 상태로 남아 있는 곳이 생겼다. 몇몇 여사님이 새것으로 교체한 화장실 화장지가 다음날 감쪽같이 사라졌다고 몇 번이나 같은 주장을 반복했다.

여기서도 다른 빌딩처럼 대형 두루마리 화장지를 사용했다.

빌딩에는 분명 야근하는 사람들이 있으니 우리가 퇴근한 후에도 누군가는 화장실을 사용한다. 단지 그 사용량이 지나치게 많다는 게 문제다. 이렇게 큰 화장지를 모두 쓸 정도면 여러 사람이 설사병에 걸린 채 화장실을 들락날락했어야 한다.

진짜 설사병이 원인이라면 남자화장실의 휴지 사용량도 함께 늘었어야 한다. 여자만 걸리는 설사병은 듣도 보도 못했으니까. 게다가 설사 그런 병이 있대도 화장실 전체 화장지가 골고루 사라져야 한다. 그런데 유독 화장실 한두 칸에서만 화장지가 동나는 사태가 벌어졌다. 설사병 환자가 누구인지는 몰라도 아무리 설사가 급해도 꼭 그 변기에서만 볼일을 봐야 하는 모양이었다. 게다가 특정 층에 사건이 집중되면 범인을 한정지을 수 있으련만 언제는 2층이었다, 언제는 13층이었다 당최 감을 잡을 수 없었다.

화장지를 넣어두는 케이스에는 썩 믿음직스럽지는 않지만 열쇠구멍이 있어 열쇠로 연다. 게다가 여사님들의 말을 들어보면 화장지 심대는 그대로 남아 있었다고 한다. 화장지 도둑설을 굳게 믿는 최 여사님은 두루마기 화장지를 둘둘 말아 가방 터지도록 담아 도망가는 년이 있는 게 분명하다고 주장했다. 화장실 휴지 한통을 모두 소진하려면 온 몸을 감싸고도 남을지 모른다. 한밤중 싸구려 화장지로 온 몸을 감싼 미이라 출몰설도 그래서 등장했다. 한마디로 정신이 약간 맛 간 사람이 범인이라는 것이다. 여자화장실 휴지만 없어지니 여자가 범인인가 했다가 혹시 변태성향을 가진 남자일지도 모른다는 의견도 나왔다. 한마디로 어느 누구도 범인이 누구인지 알지 못한다는 소리다.

　나는 이해할 수가 없었다. 이 빌딩 화장지는 무조건 싼 것이 좋다는 관리실장의 주장대로 휴지가 얇고 이상한 냄새도 난다는 평을 받았다. 회색빛이 감도는 화장지는 거칠거칠해서 사용감이 영 불편했다. 그런데 이런 화장지를 훔쳐가는 사람이 있다니 믿을 수가 없었다. 어느 특정 층 화장지만 많이 사라지면 범인을 유추하는 게 쉬울지 모르겠지만, 지금처럼 모든 층 여자 화장실에서 일이 벌어지니 정말 도둑설이 맞는지도 의문이었다.

　관리사무실이라고 대책이 있을 리 만무다. 물론 관리실장이야 화장지 사용량이 많다고 여사님들을 닦달하며 화내면 되지만, 그렇다고 사라진 화장지가 다시 나타나는 건 아니다.

'화장지 사용이 많습니다.' 운운하는 공지문을 화장실마다, 나중에는 아예 화장실 칸마다 문에 붙였다. 그럼에도 공지문은 별다른 효과가 없었다. 관리비가 올라간다는 말이나 휴지 공급이 부족할 수 있다는 협박도 먹히지 않았다. 나는 관리실장이 요구하는 각종 문구를 생각하느라 골머리를 앓았고 안내문을 코팅하는 비용도 제법 들었다.

"아휴. 저도 모르겠네요. 관리실장님 오시면 한번 이야기해볼게요."

"그럼 부탁해."

신 여사님은 청소수레를 밀고 엘리베이터 쪽으로 향했다.

"실장님, 휴지가 또 사라졌다는데요."

"또오?"

"신 여사님이 그러더라고요."

"이제는 그쪽이야? 나 원 참. 도대체 누가 그러는 건지."

관리실장이 들어오자 나는 신 여사님이 말한 내용을 전달했다. 관리실장 역시 무슨 뾰족한 대책이 있을 리 없다.

"아참, CCTV는 확인해봤어?"

"CCTV요?"

"그래."

"화장실에 CCTV가 있을 리가요. 있으면 큰일 나게요."

나는 관리실장이 사람을 죽이라는 명령을 내리기라도 한 것처럼 깜짝 놀란 표정을 지었다.

"에그. 답답한 놈. 누가 화장실 CCTV 확인하래? 화장실 누가 들어갔다 나왔는지 복도에는 CCTV가 있을 거 아냐? 어제 신 여사 화장실이었다니, 그런 식으로 문제가 생긴 화장실을 차례로 확인하면 범인이 누군지 알 수 있겠지."

CCTV는 생각도 못하고 있었다. 관리실장 말대로 복도 CCTV를 확인해보면 화장실 문제도 해결할 수 있겠다 싶었다.

"그럼 한번 확인해보겠습니다."

"그래. CCTV 보고 나한테 알려줘."

"네."

나는 사람들이 자주 사용하지 않는 서쪽 문 바깥쪽에 '미세요.', 안쪽에는 '당기세요.'라는 안내문을 붙였다. 이쪽 문이 열리지 않는다는 사람들의 불만이 수시로 접수되어서다. 바깥에서 빌딩으로 들어오려면 문을 밀고, 안에서 바깥으로 나가려면 문을 당겨야 한다. 북쪽, 동쪽 방향에 있는 문과는 달리 이상하게 서쪽 문은 한쪽 방향으로만 움직인다. 잡아당기거나 밀었을 때 문이 꼼짝하지 않으면 반대로도 움직여봐야 하는 것 아닌가. 사람들은 그러지도 않고 문이 고장 났다거나 잠가놓은 것 아니냐고 항의했다. 오늘 '미세요.', '당기세요.'라는 당부가 적힌 팻말을 문손잡이 아래쪽에 떨어지지 않게 붙이는 것으로 민원 하나는 해결했다.

관리사무소에 들어와 보니 관리실장은 자리를 비웠다. CCTV라. 메인 컴퓨터 화면에는 빌딩출입구와 주차장 출입구 등을 촬영한 CCTV가 실시간으로 떠있다. 그걸 보고 이상 상황을 파악하려는 용도지만, 평소에는 별로 신경을 쓰지 않고 지나간다. 나는 컴퓨터를 보고 복도 CCTV를 확인해보았다. CCTV 화면만 봐서는 어디가 여자화장실 앞을 촬영하는지 알 수 없다. 나는 일단 3층부터 시작했다. 신 여사님이 이쪽 화장실을 맡았으니 최근 범인을 찾는 데는 3층이 제격이다. 복도 CCTV를 한참 돌려본 후에 여자화장실 앞을 오가는 사람들을 촬영한 CCTV를 찾아냈다.

범인은 어젯밤에 활동을 했을 테니 저녁 시간부터 확인해보니 CCTV 화면에는 우르르 몰려가는 사람들로 가득 찼다.

퇴근하는 사람들이다. 화장실 쪽으로 향하는 사람을 볼 때마다 긴장했지만 별다른 이상상황은 보이지 않았다. 여섯시부터 시작된 퇴근 열풍은 일곱시까지 이어졌다. 그리고 이후 띄엄띄엄 사람들이 복도를 지났다. 복도를 지나는 사람들도 저녁 여덟시가 넘어가자 거의 사라졌다. 야근이 많다고는 하나 3층 사람들은 거의 늦지 않게 퇴근했다.

어쩌다 한두 명 사람이 나타나긴 했지만, 화장실 쪽으로 가지는 않았다. 나는 화면을 더 빨리 확인하며 복도를 지나는 사람을 보았다. 아홉시를 넘어가자 복도는 어두워졌고 사람은 눈에 띄지 않았다. 복도에는 인적이 사라졌다. 거의 흑백 CCTV처럼 느껴지는 어두운 복도를 보니 조금 섬뜩했다. 이제 시간이 더 지나자 어떤 움직임도 느껴지지 않았다.

나는 화면을 더 빨리 재생시켰다. 혹시 누군가 지나간 것 같아 화면을 다시 돌려봐도 아무 변화가 없었다. 빨리 더 빨리 화면을 재생하니 어느새 복도가 조금씩 환해졌다. 새벽이 밝아온 것이다. 그러나 여전히 복도에는 사람의 인기척이 느껴지지 않았다.

한참을 돌려보았지만 역시 화장실 앞을 지나가는 이는 없었다. 범인을 놓친 것은 아닐까 걱정할 무렵, 누군가 복도를 지났다. 너무나 선명한 사람의 모습. 화면을 천천히 돌리자 그건 청소를 맡은 신 여사님이었다. 신 여사님은 잠시 혼자 복도를 지나다 다시 사라졌다. 청소수레가 신 여사님의 뒤에서 모습을 드러냈다.

화장실 앞에 주차된 청소수레에서 신 여사님은 청소도구를 꺼내 안으로 들어갔다. 급하게 돌려보긴 했지만, CCTV 화면상으로는 범죄를 저질렀을만한 사람은 보이지 않았다. 도대체 무슨 일이 일어난 것일까? 나는 시간이 남는 틈에 이번 일이 벌어진 3층을 가보기로 했다. 혹시 CCTV 화면상 사각지대가 있을까 싶어서다. 그래서 누군가 화장실에 침입해 싸구려 화장지를 잔뜩 훔쳐갔어도 알지 못하는 건 아닐까 걱정됐다. 내 머릿속에는 온갖 궁금증이 가득했지만 지금 당장 그 해답을 찾지는 못할 것이다. CCTV 화면을 끈 후에도 내 가슴 속에는 답답함이 가득했다.

그렇지 않아도 경비절감이니 뭐니 하면서 사람도 자르고 각종 물품도 온갖 싸구려로 바꾸는 중이다. 화장실 화장지만 해도 올해부터는 더 질이 나빠졌다. 회색빛이 돌고 이상한 불순물도 많이 보인다. 두께도 얇아 몇 겹을 겹쳐도 불안하다. 그런데 무엇 때문에 이런 싸구려 화장지를 훔쳐간단 말인가. 한참 화면을 쳐다보았더니 목이 아팠다. 나는 천장을 바라보고 한숨을 내쉬었다.

그러다 얼마 전까지 함께 일했던 종규 씨가 생각났다. 빌딩관리라는 업무가 처음인 나와 달리 종규 씨는 나이는 어렸지만 경력자였다. 자신이 옮겨 다닌 빌딩이며 무슨 일을 했는지를 모험담처럼 늘어놓았다. 따져보면 빌딩관리 뿐이던가. 무슨 경험이 그리 많은지 한때 막노동으로 돈을 벌어 세계를 여행했고 요리사로도 일했으며 조경기사의 조수가 되어 나무를 심고 관리하고 다녔다고 했다. 그렇게 방황하는 시간을 보내다 빌딩위탁관리 업체에 들어오게 되었다.

대학을 졸업한 뒤 공무원 시험 준비를 몇 년 하다 그것도 도저히 미래가 보이지 않아 비정규직이나마 나를 뽑아주는 업체에 무슨 일을 하는지도 모르고 들어온 나에 비하자면 종규 씨는 나이만 어리지 어른이나 다름없었다. 한동안 강의를 듣고 한자리에 앉아 고시책만 들여다본 나에게 종규 씨는 빌딩관리를 계속 하려면 전기기사자격증이나 다른 자격증을 따두는 것이 좋을 것이라 조언했다. 그래야 나중에 더 큰 업체에 입사하거나 정규직으로 옮기기에도 좋다고 말이다. 하지만 나는 과연 내가 이 직업을 계속해야 하는지도 의문이었다. 많은 사람들이 그렇겠지만 나 역시 이 직업을 좋아서 선택한 것은 아니었으니까.

공무원 시험 준비를 포기했을 때, 나에게 남은 것은 몇 년간 빈 공백으로 남은 경력사항과 수험서적, 지독한 피곤과 패배의식, 그리고 가족과 주변 사람들의 실망뿐이었다. 이미 가족을 제외한 친구와 주변인들이 내 지인 목록에서 많이 사라진 상태여서 내 과거는 더욱 가벼워졌다. 그때부터 조급하게 이곳저곳 원서를 넣었다. 내가 무엇을 잘하는지, 무엇을 하고 싶은지는 알지 못했다. 설령 그것을 알고 있다 한들 내가 그것을 선택할 수 있고, 성공할 수 있으리라 믿지 않았다. 지금은 무조건 실패로 남은 내 몇 년을 보상받기 위해 빨리 취업을 하는 수밖에 없었다.

하지만 취업마저도 쉽지 않았다. 쉽지 않으리라는 것을 미리 짐작은 하고 있었다. 하지만 이력서와 자기소개서를 아무리 보내도 어디서도 연락이 없자 마음이 초조해졌다. 굳은 결심으로 공무원 시험을 포기했는데, 그것이 너무 성급한 결정은 아니었나 후회가 되었다. 그럴수록 더욱 많은 곳에 이력서를 보내는 것으로 마음을 다잡는 수밖에 없었다. 겨우 한두 곳에서 연락이 왔지만 그마저도 결과는 신통치 않았다. 면접을 몇 곳 보았는데 이건 뉴스에서나 보던 사기업체라는 것을 한눈에도 알 수 있었다. 나를 원하는 사람이 나를 등쳐먹을 생각밖에 없는 사기꾼이라는 사실에 더욱 절망했다.

그러다 취업을 하게 된 곳이 바로 여기다. 무슨 일을 하는지도 솔직히 몰랐다. 처음 면접을 보러 오라는 연락을 받았을 때, 회사이름은 무엇인지 위치가 어디인지 몰라 도리어 물어야 했다. '빌딩관리', 이 업체가 하는 일을 한 단어로 정리하자면 그렇다. 여기에는 나 같은 온갖 잡일을 하는 비정규직 외에도 자격증을 가졌거나 법률, 회계 등의 전문적인 업무를 맡는 전문가들도 있다.

나는 며칠간 이뤄진 교육을 마치고 한 빌딩에 배치되었다. 지은 지 십 년이 조금 넘은 빌딩인데 내가 봐야 할 잡무는 이곳에서 익혔다. 그러다 업체로부터 다시 발령을 받은 곳이 바로 이 빌딩이었다. 내가 처음 있었던 건물보다 훨씬 크고 지어진지 얼마 되지 않은 새 빌딩이었다. 대부분 사무실은 비었고 새로 이사 들어오는 업체가 많았다. 아직 빌딩 사무실이 반도 차지 않았는데도 엘리베이터는 항상 붐볐다. 특히 출퇴근시간, 점심시간이면 사람들이 로비에 가득 차 엘리베이터를 몇 대나 꽉 채워 보내야 이용할 수 있었다. 다들 엘리베이터 운행에 불만을 터뜨렸는데 그럴 때마다 나는 괜히 움츠러들었다. 아무도 나에게 신경 쓰지 않아도 모든 문제가 내 탓 같아서였다.

새로 이사 오는 업체의 이삿짐을 실어 나를 화물용 엘리베이터를 배정하는 것이 나의 첫 업무였다. 엘리베이터를 놓친 사람들은 모두 화물용 엘리베이터로 몰려들어 거리낌없이 이용했다. 나는 어느 사무실이 이삿짐을 내려놓으면 특정 층에만 화물용 엘리베이터가 서도록 조치했다. 그럼에도 내가 멈춰 서도록 설정한 그 층이나 그 위, 혹은 아래 층에 입주한 누군가가 잽싸게 엘리베이터를 타고 오르곤 했다. 그럴 때마다 이삿짐 운반을 맡은 이들은 투덜댔고 로비는 한동안 분주했다.

새 빌딩이다 보니 온갖 잡무사항이 많았다. 종규 씨는 이

업체에서 이미 일 년은 훨씬 넘게 일을 하고 있었고, 이 빌딩에도 나보다 먼저 배치되었기에 내 선배처럼 나를 데리고 다니며 이런저런 조언을 해주었다. 말하기 좋아하고 나서기 좋아하며 자랑하기 좋아하는 종규 씨의 성격이 말하는 것이 어색하고 나서는 것은 더더욱 싫은 나와 딱 맞았다.

지금은 초반에 비해 일이 줄었고 이런저런 실수를 저질렀다 하여 종규 씨는 회사에서 잘린 상태였다. 그게 무슨 상황이었는지 내가 알 바는 아니다. 그냥 어느 날부터 종규 씨는 출근하지 않았고, 나는 짧은 회사생활에서 배운 것처럼 별다른 질문 없이 생활을 이어갔다. 경력자였던 종규 씨에게 조언을 들었던 게 도움이 되었지만, 내가 하는 일이란 언제든 누구로 교체가 가능한 단순한 노동의 반복이었다. 점차 나는 이런 일에 익숙해졌다. 나 역시 일이 줄어들면 이곳에서 잘릴 수 있다는 불안감이 들었다.

종규 씨야 지금은 또 어디선가 새로운 일을 거뜬하게 해내며 이곳에서의 경험을 포함해 과거사를 맛깔나게 풀어낼 것이다. 하지만 나는 이제 어디에서 무엇을 해야 할까. 다시 이력서 전쟁에 끼어들어 내 짧디 짧은 유일한 경력을 덧붙여 이

경력도 전혀 상관하지 않을 다른 일에 투입될 것이다. 그것도 어디선가 나를 채용해준다는 전제하에 이뤄질 일이기에 내 미래는 그냥 암흑과도 같았다. 한치 앞이 보이지 않는데 무언가 내 앞에 거대한 장애물로 남아 나를 가지 못하게 막는 것 같았다.

화장지 도난범 사건은 해결되지 않은 채로 남았다. 분명 오후에 새 것으로 갈아 끼웠는데 다음날 감쪽같이 사라졌다는 여사님들의 신고는 계속됐다. 관리실장은 툭하면 화장지 사용량 운운하며 짜증을 냈고, 여사님들은 눈치를 보며 나에게 하소연을 하는 일이 숱하게 반복됐다. 여사님들의 신경이 곤두서 퇴근 전 어디에 화장지가 얼마나 남았는지 체크하는 리스트까지 작성해두곤 했다. 그래도 소용없었다. 언제고 어디서든 화장지는 감쪽같이 사라졌으니까. 그럴 때마다 나는 화장지가 사라진 화장실의 입구 쪽 화면을 보여주는 CCTV를 확인했다. 그럼에도 증거는 쉬이 발견되지 않았다. 화장지를 훔쳐가는 범인이 자기 뒤로 길게 화장지를 늘어뜨린 채 나타나지 않는 이상, CCTV로 범인을 잡는 건 불가능했다.

그것은 갑자기 견출지를 찾는 관리실장 때문에 떠올랐다.

나는 책상서랍과 서류함을 뒤졌지만 찾지 못해 한때 종규 씨가 사용하다 지금은 빈 책상서랍까지 열었다. 겨우 견출지를 찾아냈더니 관리실장은 어느새 자신이 그것을 찾았다는 사실을 잊고는 엉뚱한 소리를 해댔다. 나는 문서정리를 하려다 종규 씨의 책상서랍 위쪽에서 여전히 불빛을 반짝거리고 있는 외장 하드디스크로 눈을 돌렸다. 까마득히 잊고 있었다. 이 하드디스크의 존재를.

종규 씨는 이걸 챙기지도 않고 나갔다. 나는 자꾸 하드디스크의 존재가, 자신이 여전히 작동하고 있음을 알리는 상태표시등 불빛이 신경 쓰였다. 이 하드디스크는 종규 씨의 소유일 터지만 그 비밀은 나 역시도 공유하고 있었다.

나는 종규 씨와 함께 이 빌딩에서 일하기 시작한 때를 떠올려보았다. 분명 새 빌딩임에도 나나 종규 씨, 혹은 다른 사람들의 손길이 필요한 곳이 한두 군데가 아니었다. 일손이 필요한 곳이라면 어디든 달려가 작업을 해야 하는 것이 우리의 일인 만큼 빌딩 이곳저곳을 다니며 온갖 허드렛일을 다 했다.

그 중 하나는 천장에 붙은 조명을 다시 바꿔다는 일이었다. 도대체 새 건물의 조명등을 다시 새것으로 교체하는 이유가 무엇인지 알도리는 없었지만, 내가 할 일이란 그 이유를 찾는 것이 아니라 일을 하는 것이었기에 아무런 말없이 빌딩을 돌아다녔다. 튼튼해 보이지만 막상 올라가면 계속 흔들려 중심을 잡기가 힘들고 불안한 사다리에 올라 기존에 끼어 있던 전구를 빼고 다시 새것으로 교체했다.

이 빌딩의 저층은 층고가 높아 사다리를 갖다놓아도 전구를 교체하려면 꽤나 신경이 쓰였다. 사다리가 조금이라도 흔들리면 불안해져 식은땀이 났다. 나와 종규 씨는 서로 번갈아가며 전구를 교체하는 것으로 일의 까다로움을 나누었다. 그러다 나는 종규 씨가 가끔 여자화장실에서 이상한 일을 벌인다는 사실을 깨달았다. 전구를 교체하는 것 외에 다른 일을 했다. 나는 다른 회사일이 그렇듯이 입을 다물고 있어야 하는지, 아니면 종규 씨에게 무슨 일을 하는지 물어야 하는지 갈피를 잡지 못했다. 하지만 내가 의아해하는 모습을 보이자 종규 씨는 무언가 설명을 할 필요는 느꼈던 모양이었다. 종규 씨는 사다리에 올라가 위태로운 모습으로 나를 내려다보며 씩 웃었다.

"내가 무슨 일을 하는지는 나중에 알려줄게."

화장실과 복도, 로비의 조명을 모두 바꾸는 데는 시간이 꽤 걸렸다. 그리고 나는 종규 씨가 벌였던 일에 대해 잊었다. 그러던 어느 날 관리실장이 지하주차장으로 내려간 사이, 종규 씨가 나를 불렀다. 그리고 자신의 책상서랍 위에 놓인 하드디스크를 가리켰다. 그때도 그 외장 하드디스크는 지금과 똑같이 작동 중임을 알리는 불빛이 깜빡거렸다. 종규 씨는 하드디스크를 불러와 무엇이 저장돼 있는지 보여주었다. 그건 화장실 몰래카메라였다. 나는 나도 모르게 비명소리를 냈다. 화장실, 몰래카메라라고. 그건 말도 안 된다. 화장실에 몰래카메라를 달 생각을 하다니. 종규 씨는 무슨 일이 벌어질지 상상도 못하는 모양이었다. 뜨악한 내 표정을 읽었는지 종규 씨는 내 얼굴을 뚫어지게 쳐다보고는 다시 화면으로 얼굴을 돌렸다.

"내가 안 보이는 곳에 잘 설치해놔서 들킬 염려는 없어. 누가 천장에 몰래카메라가 달렸을 거라고 생각하겠어. 보통 문이나 벽에 붙어있다고 생각하지."

도대체 누가 화장실에 몰래카메라를 달 생각을 하냔 말이다. 나는 여자화장실 몰래카메라가 있다는 뉴스를 볼 때마다 어이가 없었다. 물론 내가 몰래카메라 영상에 관심이 전혀 없는 샌님은 아니다. 이상한 영상도 받아보고 야한 동영상을 돌려보았지만, 여자가 화장실에서 볼일을 보는 것이 그렇게 궁금할까 싶었던 것이다. 도대체 뉴스에 나온 놈들은 무엇을 보고 싶어 그런 일을 벌인 건지 이해가 되지 않았다.

도통 이해되지 않는 행동을 하는 사람이 바로 내 옆에 있었다니. 몇 달간 함께 일하고 밥 먹고 대화 나눈 사람이 범죄자라니 할 말을 잃었다. 도대체 무어라고 말을 할 것이며 어떤 표정을 지어야 하는지 어떤 반응을 보여야 할지도 모르겠다. 하지만 종규 씨는 내 반응에는 상관없다는 듯 영상을 보여주었다. 종규 씨가 빨리 감기하듯 보여준 몰래카메라는 하릴없이 빈 변기만 비췄고, 가끔 청소하는 여사님들이 나타날 뿐이었다.

"이걸 들키면 어떡하려고?"

"킥킥킥. 그래서 더 스릴 있는 것 아니겠어."

종규 씨가 갑자기 입구 쪽을 살피기에 나 역시 깜짝 놀라 뒤를 돌아보았다. 관리실장이 나타났다는 어떤 기척도 없었다. 나는 여전히 이해 못할 표정으로 자리에 앉았다. 종규 씨가 벌인 엄청난 사건이 계속 내 머릿속을 떠나지 않았다.

그러자 갑자기 엄청난 고민이 밀려왔다. 과연 나는 종규 씨가 벌인 범죄를 안 순간 어떻게 행동해야 할까. 이걸 관리 실장에게 이야기해야 하는 건지, 아니면 경찰에 신고해야 하는 건지 갈피를 잡지 못했다. 그러다 나까지 피해를 입지는 않을까 걱정이 되었다. 내가 무슨 일을 하긴 해야 하는데 그 것이 무엇인지는 모르겠고, 또한 그런 일을 했을 때 나에게 무슨 손해가 생기지 않을까 걱정이 되어 시름에 잠겼다. 종규 씨가 몰래카메라 설치를 나에게 숨기지 않았던 것도, 그리고 대담하게 나에게 그 영상을 보여준 것도 이런 내 생각을 잘 알고 있었기 때문이리라.

실제로 나는 아무 말없이 아무 일 없었다는 듯 행동했다. 종규 씨 자리에서 반짝거리는 외장 하드디스크가 계속 거슬 렀지만 누구에게도 말하지 않았다. 내 침묵이 쌓이고 쌓이면 어느 순간에는 참지 못하고 누군가에게 고백을 하거나 말을 할 것 같아 걱정됐다. 하지만 없던 일처럼 생각하면 실제로 없던 일이 되어 버린다는 것을 그때 알았다. 나는 종규 씨가 몰래카메라를 설치한 일이 없던 것처럼, 몰래카메라 영상을 자신의 하드디스크에 저장하는 일이 없는 것처럼 행동했다. 실제로 나는 그 일을 기억 저편으로 밀어 넣었고 완전히 잊었다. 종규 씨가 사라지자 실제로 그 일은 아예 없었던 일이 되어버렸다. 완전한 무로 돌아간 것이다.

그런데 지금 하드디스크가 종규 씨가 사라진 뒤에도 여전히 남아 자신의 존재감을 과시하는 불빛을 내보인다는 사실을 알았다. 하드디스크를 노려보면 그것이 내 눈길을 눈치 채고 사라질 것처럼 계속 그쪽을 바라보았다. 화장실 몰래카메라라니. 그렇지 않아도 얼마 전 화장실 몰래카메라 현장점검을 신청 받는다는 팩스가 와있던 것이 떠올랐다. 관리실장은 한번 힐끗 보고는 나에게 넘겼는데, 그것이 신청하라는 것인지 무시하라는 것인지 알지 못해 나는 그냥 서류함에 넣어둔 상태였다. 나는 손바닥으로 눈두덩을 눌렀다. 무언가 알 수 없는 압박감에 숨이 막혔다.

따지고 보면 절대 내 잘못은 아니다. 나에게 상의 없이 화장실에 몰래카메라를 설치한 것도 종규 씨였고 영상을 하드디스크에 저장한 것도 종규 씨지 않은가. 설령 몰래카메라가 발각되더라도 어차피 그 주변에 남은 흔적은 종규 씨의 지문

뿐일 것이다. 나는 혹시 함께 작업을 하던 시기에 내가 무언가 그 근처에 흔적을 남기지 않았을까 걱정했다.

　그러나 종규 씨 자리에 있는 하드디스크를 무시할 수 없었다. 저것을 어쩌지 고민하다 저대로 없애버리자 그렇게 생각했다. 내가 종규 씨 책상서랍 위 외장 하드디스크에 손을 댄 순간 관리실장이 돌아봤다. 나는 무언가 엄청난 잘못을 저지른 것처럼 소스라치게 놀랐다. 내가 엄청나게 놀랐다는 사실을 보고 관리실장이 무언가 큰 잘못을 한 것이 아닌가 의심할까 두려웠다. 나는 입에서 나오는 거친 숨소리를 억지로 삼키고 태연을 가장하여 그 자리에서 무언가를 찾는 척했다. 책상서랍을 열어 뒤적거리고 원하는 그 무엇이 없는 것처럼 빈손으로 자리에 앉았다. 관리실장은 나에게 출입문에 붙일 안내판의 진행상황을 물었다. 전화가 울렸다. 내가 받을 새도 없이 관리실장이 받았다. 관리실장은 그리고는 별다른 말없이 자리를 떴다.

　나는 한동안 내 자리에서 꼼짝도 하지 않고 앉아 있다가 문을 바라보았다. 굳게 닫힌 문, 그러나 언제든 열릴 수 있는 문. 나는 눈치를 보다 잽싸게 종규 씨의 자리에서 하드디스크를 떼어 내 가방에 넣었다. 종규 씨 자리에는 이제 하드디스크에 연결되어 있던 케이블만 늘어져 있었다. 나는 케이블 역시 빼내 가방에 쑤셔 넣었다.

그날 이리 저리 일이 바빴다. 7층에서 꺼진 전등을 발견해 교체했고 문이 삐걱거린다는 소리에 출동했다. 엘리베이터가 심하게 흔들린다는 의견이 있어 관리실장과 함께 4호기 엘리베이터를 세 번이나 타고 오르내렸지만 이상증세는 없었다.

"요즘에는 심하게 예민한 사람들이 많아졌어."

관리실장은 별일 아니라는 듯 했다. 나 역시 자리에 앉아 문서를 정리하고 그동안 막아두었던 로비 동쪽 자동문 운행을 개시하는 등 업무를 이어갔다.

평소와 같은 하루가 끝났다. 나는 지친 몸을 이끌고 집으로 향했다. 공무원 시험공부를 할 때 지내던 고시원을 나와 회사 근처 오피스텔을 구했다. 스스로 번 돈으로 내린 첫 결정이었다. 꽤나 부담스러운 액수를 월세로 지불해야 하지만, 공무원 시험을 포기한 후 고시원을 쳐다보는 것도 싫었다. 오피스텔을 향할 때마다 과연 언제까지 내가 월급을 받으며 일할 수 있을지 걱정됐다. 오피스텔 월세를 내지 못하는 시점이

오면 나는 또 어디로 가야 할까. 일말의 불안감을 안고 편의점에서 도시락을 하나 사서 불 꺼진 작은 오피스텔로 향했다.

당연한 소리지만 내가 아침에 출근할 때와 똑같은 방풍경이 이어졌다. 내가 삐져나온 몸 동굴 모양 그대로인 침대 위 이불, 바닥에 널브러진 옷과 양말과 속옷과 수건, 싱크대에는 설거지거리가 쌓여 있다. 우렁각시가 있어 내가 회사에 출근한 사이, 이것을 모두 청소해주고 정리해주면 얼마나 좋을까. 더러운 상태로 출근했다 퇴근했더니 집이 새집처럼 깔끔해진 장면을 상상했다.

그러다 그게 결코 좋은 일만은 아닐 거라고 생각했다. 내가 없을 때 집이 변한다고? 엄마가 왔다 간 것이 아니라면 집에 혹시 누가 숨어 있는 것은 아닐까 두려워해야 할 일이다. 우렁각시가 설거지를 하고 청소를 하고 요리를 해둔다고 좋아하다 갑자기 무서운 존재로 변할지 모른다. 부엌에 있는 식칼을 들고 아무 방어를 하지 못하는 나를 향해 천천히 다가오는 도둑일 수도, 정신병자일 수도 있다. 상상은 이제 그만. 혼자 살 때 무서운 생각은 금물이다. 나는 내 머릿속에 가득한 잡생각을 없애려고 다른 곳으로 시선을 돌렸다.

책상 위에 도시락을 놓고 먹었다. 도시락 설명서에는 전자레인지에 1~2분 정도 돌리라고 되어 있지만, 오피스텔에는 세탁기와 에어컨, 냉장고, 가스레인지만 있을 뿐 전자레인지는 없었다. 나처럼 편의점 음식을 자주 먹는 사람에게 전자레인지가 꼭 필요하겠지만, 여태껏 인터넷으로 제품이나 가격 검색만 했을 뿐, 구입하지는 못했다. 전자레인지를 돌리지 않은 편의점 도시락밥은 차갑고 푸석푸석 낱알이 떨어져 나갔다. 그래도 못 먹을 정도는 아니어서 우걱우걱 씹어 넘겼다.

수돗물을 그냥 먹자니 찝찝하고 그렇다고 물을 끓여먹기에는 귀찮고 생수를 매번 사다먹기에는 돈이 들어 고민이 많았다. 요즘에는 사무실 정수기에서 물병에 물을 받아가지고 온다. 얼마 안 되더라도 매일 물값을 아낄 수 있다는 생각에 가방이 무거워지는 불편함을 감수하는 것이다. 가방에서 물병을 꺼내다 그것을 보았다. 사무실에서 챙겼던 종규 씨의 하드디스크. 종규 씨가 떠난 지 오래되었지만 몇 시간 전까지도 빛을 발하며 원활히 작동하고 있었던 그 하드디스크. 하드디스크는 이곳에서 생명의 불빛을 잃은 채 그 존재감만 드러내고 있었다. 그러나 나는 알 수 있었다. 이것을 컴퓨터와 연결하면 바로 엄청난 순간이 도래한다는 것을. 그것을 짐짓 못 본 체하고 남은 도시락밥과 반찬을 먹어치웠다. 하지만 입속에 든 음식물이 흡사 뜨거운 모래 같아 괴로웠다. 나도 모르게 시선은 자꾸 하드디스크로 향했다.

어쩌자고 이걸 내 집에 들였을까. 한숨이 나왔다. 사무실에서 종규 씨의 자리에서 하드디스크를 떼어내 급히 가방에 넣긴 했지만, 그걸 집에까지 가져올 생각은 아니었다. 나는 밥을 다 먹은 후 도시락 용기를 비닐봉지에 넣어 현관문 근처에 놓았다. 그리고 다시 책상 의자에 앉았다. 신경을 쓰지 않으려 해도 자꾸 하드디스크에 눈길이 갔다.

그 김에 한번 종규 씨에게 전화를 해봐야겠다 생각했다. 종규 씨가 어느 날 갑자기 회사에 나타나지 않은 후 나는 어떤 연락을 하지 않았다. 휴대폰 화면에 뜬 김종규라는 이름과 휴대폰 번호를 보고 한참 망설였다. 뜬금없는 시간에 전화를 하려니 무슨 말부터 꺼내나 막막했지만 굳게 결심을 하고 통화 버튼을 눌렀다. 한참 벨소리가 울렸지만 종규 씨는 전화를 받지 않았다. 다시 한 번 전화를 할까 주저하다 그만두었다. 뭔가 다른 일로 바쁜 탓이겠지 생각했다. 술 마시는 것도, 사람 만나는 것도, 사람을 만나 이야기하는 것도 모두 좋아하는 종규 씨에게 지금은 가장 활발하게 활동할 시간이었다.

자리에 앉아 아무런 연결을 해주지 못한 휴대폰을 바라보았다. 지금 전화를 받지 못한 종규 씨가 나중에 나에게 전화를 걸어 와 용건을 묻는다면 무어라 말을 해야 할지 생각해보니 딱히 할 말도 떠오르지 않았다. 갑자기 생각나 전화했다고 해야 할지, 아니면 그냥 직선적으로 네 자리에 있던 하드디스크 어떡할 거냐고 물어야 할지 난감했다. 그냥 일단은 안부가 궁금했다는 말로 시작해야겠지. 하지만 종규 씨는 나에게 전화를 걸어오지 않았다. 시간은 어느새 10시가 가까워졌다. 나는 휴대폰을 내려놓고 가방에서 종규 씨의 하드디스크를 꺼냈다. 갑자기 경찰이 들이닥쳐 이것이 뭐냐고 물을 것도 아닌데 왠지 꺼림칙했다. 이것을 곁에 두는 것만으로 내가 엄청난 범죄자라도 된 양 압박감이 느껴졌다.

견물생심이라고 했던가. 손을 대기조차 싫은 하드디스크가 내 옆에 있으니 문득 그 안이 궁금해졌다. 나는 노트북을 열었다. 매일 휴대폰으로 뉴스를 보고 인터넷을 하는 통에 얼마 만에 부팅을 하는 것인지 모르겠다. 윈도우 화면이 켜지는 동안 나는 주변을 돌아보며 하드디스크에 케이블을 연결하고 노트북과 연결했다. 새로운 하드웨어가 검색되었다는 표지와 함께 하드디스크가 열렸다. 폴더 세 개가 있었다. 첫 번째로 연 폴더에는 사진이 가득했다. 가끔 짧은 치마를 입은 여성의 다리나 엉덩이를 찍은 사진도 있었지만, 대개 나무와 풀, 하늘과 구름을 찍은 사진이 대부분이었다. 사진을 찍는 취미가 있는 줄은 몰랐지만 그 대상이 여성들의 신체 일부인 줄은 더더욱 몰랐다. 사무실에서 사용하던 각종 문서는 두 번째 폴더에 들어 있었다.

마지막 폴더를 클릭하자 다시 수십 아니 수백 개의 폴더가 등장했다. 폴더 명이 영문과 숫자가 이상하게 섞여 있어 무슨 용도인지 감을 잡을 수 없었다. 아무 폴더나 열자 숫자가 나타났다. 잠깐 바라본 후에 그것이 날짜를 가리키는 표시임을 알 수 있었다. 폴더를 열기 전부터 나는 이것이 종규 씨의 화장실 몰래카메라 영상을 담은 것임을 알아챘다. 이쯤에서 확인은 그만두어야 했다. 하드디스크는 그냥 쓰레기통에 버리자. 아니 누군가 이것을 확인했다가 문제가 될지 모른다. 하드디스크를 완전히 파괴해버리자고 결심했다. 그리고 화면을

끄려 했다. 하지만 내가 마우스를 잘못 눌렀을까. 갑자기 영
상재생 프로그램이 떴다. 나 혼자 사는 오피스텔임이 확실한
데도 누군가 작은 인기척이라도 느껴지나 싶어 주위를 둘러
보았다.

화면은 빈 변기를 비추고 있었다. 더러운 휴지가 가득한
휴지통과 질 낮은 휴지가 걸린 화장지 케이스도 보였다. 문
이 열리며 누군가 화장실로 들어섰기 때문에 갑자기 깜짝 놀
랐다. 영상의 중간 부분을 선택하자 화면은 어두워졌다. 내가
첫 장면을 보지 못했다면 이것이 화장실을 찍은 것인지 몰랐
을 정도로 아무것도 보이지 않았다. 아마 모든 조명이 꺼진
밤인 모양이었다.

나는 이왕 하나 본 김에 다른 영상도 확인했다. 역시나 다
른 폴더에는 날짜별로 폴더가 여러 개 있었고 그 안에 동영상
이 들어 있었다. 나는 다시 동영상을 확인했다. 이번에는 별
일 아니라는 생각이 들어서인지 사람이 등장했다고 화들짝
놀라지는 않았다. 아까 본 것과는 다른 화장실인 듯 화장실의
형태가 조금 달랐다. 사람이 들어오고 볼일을 보고 휴지를 사
용하고. 종규 씨가 천장에 몰래카메라를 단 탓에 대부분 여자

의 정수리와 볼일을 보기 위해 드러난 맨살의 허벅지가 잘 보였다.

가슴이 쿵쾅거렸다. 도대체 종규 씨는 왜 화장실 몰래카메라를 설치하려 했을까. 이 영상으로 알 수 있는 건 젊은 여자들이 머리숱이 많아 보여도 정수리가 훤한 사람이 있구나 하는 정도였다. 영상을 확인할수록 식은땀이 났고 이곳에서 누군가 나를 지켜보는 것은 아닌가 하는 공연한 의심이 들었다. 혼자인 게 분명한데도 누군가 옆에 함께 있는 것 같았다.

나는 영상을 모두 껐다. 이런 하드디스크 따위는 그냥 없던 것으로 치자. 나는 하드디스크를 제거하기 위해 노트북에 연결된 케이블을 빼려다 멈추었다. 혹시, 이 화면에 화장실 화장지 도난범이 찍히지 않았을까 하는 생각이 들어서다. 솔직히 영상을 본 것은 일말의 호기심 때문이었다고 인정한다. 그건 이 하드디스크가 문제가 되었을 때 어쩔 수 없이 고백하게 될 나의 죄가 되리라.

하지만 지금은 철저하게 범인을 잡고 싶다는 욕구가 컸다는 점을 밝혀야겠다. 물론 불법적으로 취득한 증거는 인정되지 않는다는 사실을 잘 안다. 화장지를 훔쳐가는 범인을 보았더라도 나는 아무런 조치를 취할 수 없을 것이다. 그 사람을 찾아가 당신이 화장실 화장지를 훔치는 것을 다 안다, 화장실에 설치된 몰래카메라에서 봤다, 라고는 말할 수 없는 노릇 아닌가. 그럼에도 내가 복도 CCTV에서 보지 못했던 범인의 윤곽을 볼 수는 있으리라. 특정한 인물이 지목되면 그 사람을 감시하는 거다. 그러다보면 분명 언젠가는 꼬리가 잡히겠지. 과연 화장실 화장지를 동나게 했던 범인은 누구일까.

영문과 숫자로 이루어진 폴더는 화장실의 위치를 설명해주지 않았다. 나는 영상에서 어두운 시간대의 화면을 중점적으로 살폈다. 아무리 빨리 돌려도 영상은 계속 어둡기만 했다. 어느새 시간은 12시가 가까워졌다. 카페인이 잔뜩 든 커피를 마셨을 때처럼 몸은 피곤한데 가슴이 쿵쾅거려 쉽게 잠들 수 없었다.

그때였다. 갑자기 화면이 밝아졌다. '뭐지?' 싶어 나는 화면을 바라보았다. 화면에는 어떤 여자가, 당연히 여자화장실이니 그렇겠지만, 앉아 있었다. 그런데 이상했다. 보통 몰래카메라에 등장하는 여자들은 문을 열고 등장하는 일부분부터 보였다. 그런데 이 여자는 그런 등장 없이 갑자기 허공에서 나온 것처럼 아예 변기에 앉은 상태로 영상에 나타났다. 나는 영상을 앞으로 돌려 다시 확인했다. 이번에도 마찬가지다. 어두운 화면이 갑자기 밝아지는 순간, 그 여자는 이미 변기위에 앉아 있는 상태였다. 흡사 갑자기 변기 위로 순간이동을 한 것처럼 말이다.

무언가 이상했다. 사람이 들어서면 화장실 칸이 아니라 내부부터 조명이 켜져야 한다. 나름 신축빌딩이라고 이 건물은 화장실에 사람이 들어서면 자동적으로 불이 켜진다. 게다가 이 여자 자세도 이상하다. 보통 볼일을 보려면 아랫도리의 옷을 내려야하는데 그런 것 없이 앉아있다. 한밤중이 분명한 시각 화장실에 그냥 앉아있는 여자라. 나는 오싹한 기분이 들면서도 범인을 잡았다는 생각에 기분이 살짝 들떴다. 그럼 그렇지, 여자는 화장지를 돌돌 말더니…….

나는 작정하고 화장지를 훔쳐가는 누군가가 있으리라 예상했다. 그동안 이렇게 질 나쁜 화장지를 훔쳐가 봤자 무엇에 쓰냐고 화를 낸 것도 그래서였다. 그런데 이 여자는 변기 위에 앉아 화장지를 돌돌 말아서는 자신의 입안으로 넣었다. 나는 깜짝 놀랐다. '이 여자 뭐하는 거지?' 아무리 봐도 행동은 전혀 달라지지 않았다. 비록 위에서 촬영한 영상이긴 했지만 여자가 화장지를 빼 그걸 입에 집어넣었고, 화장지는 점점 사라졌다. 여자는 한참 그렇게 앉아 화장지를 먹었다.

이 여자는 화장지를 음식으로 생각하고 먹는 것일까? 맛있어서? 아니면 무언가 숨겨진 영양소가 있어서? 나는 특정 영양소가 부족하면 똥이나 흙을 먹는다는 강아지의 이상 행동이 떠올랐다. 이 여자도 무언가 몸에 부족한 것이 있기에 이렇게 화장지를 먹는 것인지 아니면 괴상한 식성을 가진 건지 알 수 없었다. 나는 어디서 듣도 보도 못한 인간의 등장이 무서웠다. 화장지를 훔쳐가는 사람을 찾았다고 기뻐했는데 하필 그게 미친년이었다니. 쇠니 돌이니 하는 이색 음식을 먹는 사람들을 텔레비전에서 본 기억이 났다. 보면서 미친놈이라고 욕을 했는데 그걸 지금 내 눈앞에서 목격했다. 나는 이 미친년을 어떡하나 고민했다. 방송국에 연락해볼 것이지 괜한 빌딩에 들어와 여러 사람 생고생을 시키는지 이해가 안 되었다.

나는 지금 증거능력이 전혀 인정되지 않는 불법적인 경로로 이 여자를 보고 있다. 당연히 경찰에 신고를 할 수 없을뿐

더러, 누구에게라도 말을 할 수 없다. 관리실장이니 여사님들한테 밤중에 화장지를 몰래 먹어치우는 미친년이 빌딩 화장실에 출몰한다고 고백할 수는 없다. 그랬다가는 분명 종규 씨의 몰래카메라가 들킬 가능성이 크고 그것을 내가 직접 설치하지는 않았다고는 하나 어쨌건 그 사실을 알고도 입을 다물었다고 문제가 될 소지가 다분했다. 나는 누구에게도 말할 수 없는 이 비밀을 깨닫고 그대로 힘이 쭉 빠진 자세로 자리에 앉았다. 그냥 이 여자 얼굴을 똑똑히 기억하고 있다 빌딩에서 발견하면 예의주시해보는 수밖에 없다.

나는 다시 휴대폰을 들어 종규 씨에게 전화를 걸었다. 지금은 종규 씨에게 무슨 이야기를 할지가 문제가 아니었다. 설령 내가 지금 본 영상에 대해, 그리고 종규 씨가 설치한 몰래카메라에 대해 아무 말도 하지 못한다 해도 일단은 종규 씨의 목소리를 듣고 싶었다.

나는 통화음을 들으며 다른 영상을 검색했다. 새까만 영상이 이어지다 갑자기 밝아지는 것을 영상 여러 개에서 다시 발견했다. 나는 계속 신호음을 들으며 전화를 받기를 기다렸지만 종규 씨는 여전히 전화를 받지 않았다. 영상이 나오자 이번에도 똑같았다. 화장지 케이스의 위치가 다른 것이 다른 화장실이 분명한데도 상황은 똑같았다. 갑자기 밝아진 화장실 칸, 변기 위에 앉아 화장지를 말아 입안으로 욱여넣는 여자. 화장지는 끊이지 않고 계속해서 여자의 입속으로 들어갔다. 익숙한 솜씨가 한두 번 해본 것은 아닌 모양이었다.

한참이나 계속된 통화음에 지친 나는 휴대폰을 책상 위에 올렸다. 그러다 나는 거의 까무러칠 듯 놀라 자리에서 벌떡 일어섰다. 비명조차 지르지 못했다. 그 여자가, 그러니까 한밤중에 빌딩 화장실에서 싸구려 화장지를 먹던 그 여자가 마치 내가 보고 있다는 것을 안다는 듯이 천장을 쳐다본 것이다. 나와 눈이 마주친 것 같아 오금이 저렸다. 몸이 부들부들 떨렸다. 제대로 서 있을 수도 없었다. 이 여자 정체가 뭐지? 그 여자는 천장을 바라보고 몰래카메라가 있다는 것을 분명히 안다는 듯 카메라 정면을 바라보며 화장지를 계속 입안으로 집어넣었다.

나는 그 좁은 오피스텔에서 두려움에 떨면서 영상만 바라보았다. 그 여자는 화장지를 계속 입속으로 집어넣었다. 화장지를 씹거나 삼키는 행동은 보이지 않았다. 그냥 크게 벌린

여자의 입속으로 화장지는 연신 들어갔고, 그렇게 화장지는
사라졌다.

　내 옆에서 화장지가 돌돌 말리는 소리가 들리는 것 같았
다. 영상에 중독된 듯 넋 놓고 영상을 보던 나는 정신을 차리
고 영상을 껐다. 그리고 노트북과 연결된 케이블을 제거했다.
당장 하드디스크를 없애고 싶었다. 아니 영상을 본 내 기억도
완전히 없애고 싶었다. 한참을 그렇게 정신없던 나는 비척거
리며 걸어 침대 위에 앉았다. 온몸이 식은땀에 젖었다. 머리
는 땀에 절어 축 가라앉았다. 두근거리는 가슴은 언제든 심장
마비가 걸릴지도 모른다는 생각을 들게 했다. 나는 화면이 사
라진 노트북을 계속 바라보며 두려움에 떨었다.

　그 여자 누구지? 여자의 벌린 입속으로 계속해서 사라지
던 화장지가 자꾸 보였다. 그 여자의 행동은 분명 인간의 그
것이 아니었다. 인간이 아니라면, 귀신? 내 온몸에는 다시 소
름이 돋았다. 다시 땀이 한바가지 쏟아질 것 같았다. 지갑과
휴대폰을 챙기고 급히 오피스텔을 떠났다. 하드디스크가 있
는 이 공간에 더는 있을 수 없었다. 나는 어둠이 완전히 내려
앉고 그 자리를 간판 불빛과 가로등이 차지한 거리로 나섰다.

24시간 운영하는 패스트푸드점에 들러 햄버거세트를 구입했다. 식욕은 없고 피곤이 밀려왔다. 하지만 오늘은 집에 들어가지 못할 것이다. 나는 햄버거를 먹는 둥 마는 둥하며 시간을 보내다 다시 커피를 주문하고 자리에 앉았다. 패스트푸드점내 옆자리에는 공부를 하는 학생이 있었다. 공무원 시험 준비를 하는 중에 나도 저럴 때가 있었다. 24시간 공부에만 몰입할 수 있을 것만 같았던 시간, 그때 나도 저 학생처럼 패스트푸드점이나 카페에 앉아 공부에 몰두했다. 그게 과연 성과가 있는지는 확인하지도 않은 채 말이다. 어쩌면 고립된 수험 생활에 지쳐 사람과 접촉하고 싶었던 건지도 모르겠다. 나는 그렇게 콜라와 커피로 놀란 속을 다스리고 새벽까지 잠자듯 꿈꾸듯 시간을 보내다 날이 밝은 새벽 시간에 다시 오피스텔에 들어섰다.

온몸이 땀에 전 이대로 회사로 출근할 수는 없었다. 옷도 갈아입어야 한다. 나는 다시 오피스텔로 들어섰다. 비밀번호를 누르는 손에 다시 땀이 고였다. 조금은 환해진 방, 내가 나갔던 때와 똑같았지만 방에 들어서자마자 다시 가슴이 쿵쾅거렸다. 급히 샤워를 하고 옷을 갈아입었다. 그리고 가방에 하드디스크를 집어넣고 오피스텔을 나섰다.

　사무실에 일찍 출근해 다시 진한 커피를 마셨다. 잠을 못 잔 탓에 온몸이 피곤했다. 정신도 멍했지만 눈을 감으면 내가 본 영상 속 여자 얼굴이 바로 내 눈앞에 있는 것처럼 선명하게 보였다. 요즘 세상이 어떤 세상인데 귀신이겠는가. 아마 처음 내가 생각한 것처럼 어디서도 보지 못한 미친년이겠거니 여기고 마음을 다스렸다. 가방에 들어있는 하드디스크가 묵직하게 느껴졌다. 이걸 어떻게 할까 고민하다 다시 종규 씨에게 전화를 걸어보았지만 이번에도 전화를 받지 않았다. 문자라도 남길까 하다 그만두었다.

　나는 하드디스크를 내 책상서랍 가장 안쪽에 집어넣고 어떻게 처리할지 차차 고민하기로 했다. 당장 없애버리고 싶었지만 이걸 어떻게 없애야 완벽할지 알아봐야 한다. 뉴스를 보면 부서진 하드디스크에서 정보를 다시 복원해내는 기술이 많이 선보였다. 분명 조심해야 한다. 나는 책상 서랍 속 깊은 곳에 둔 하드디스크의 존재를, 하드디스크 영상 속 화장지를 먹는 여자의 존재를 알지 못하는 것처럼 행동했다. 멍하게 자리를 지키다 관리실장에게 혼난 것이 여러 번, 어떻게 그날 하루를 버텼는지 모르겠다.

불안함을 느끼며 사무실을 나섰다. 하드디스크를 뒤에 남겨둔 것이 흡사 내 몸의 일부를 남겨두고 온 것처럼 느껴졌다. 하지만 하드디스크를 다시 내 오피스텔로 가져오는 것은 더더욱 안 될 일이었다. 여전히 집으로 들어서는 길은 두려웠다. 이제 집에는 영상이 든 하드디스크가 없다. 나는 여전히 일말의 두려움을 느끼면서도 집에서 저녁을 먹고 씻고 잠을 잤다. 얕은 잠에 기억 못할 악몽을 수차례 꾼 것 같았지만, 나는 어쨌건 집에서 하루를 버티며 영상이 남긴 충격을 극복해냈다.

사무실에서 평소처럼 일을 하고 집에서 먹고 자고 쉬는 일상을 이어가는 동안, 나는 점차 영상이 주는 충격을 어느 정도 극복했다. 하지만 여사님이 다시 화장지 도난 사건을 이야기했을 때, 한참동안 아무 말을 하지 못했다. 그대로 온몸이 굳은 채 서 있다 겨우 '알아보겠습니다.'는 말만 하고 돌아섰다. 계속해서 이어지는 화장지 도난사건에 다들 포기 상태였다. 그 사건의 진상을 나 혼자 알고 있지만 어느 누구에게도 말을 하지 못해 무섭고 답답했다. 혹시 여사님에게 그런 존재가 밤마다 나타나 화장지를 먹어치운다고 말하면 뭐라고들 할까. 아마 나를 미친놈 취급하겠지?

쩍 벌린 여자의 입과 씹고 삼키지도 않았는데 암흑과도 같은 여자의 입속으로 사라지던 화장지가 다시 떠올랐다. 누구에게 말을 하지도 못하고 혼자만 끙끙 앓아야 하는 나만의 고통이었다. 나는 그럴 때마다 종규 씨에게 전화를 걸었고, 여전히 종규 씨는 전화를 받지 않았다. 어느 날은 '지금 거신 번호는 없는 번호입니다.'라는 메시지만 나왔다. 종규 씨가 휴대폰 번호를 바꾼 모양이었다. 관리실장에게 종규 씨의 다른 연락처를 아는지 슬쩍 운을 띄웠지만, 관리실장에게도 아무런 정보가 없었다.

가끔 내 머릿속에 나타나 괴롭히는 영상 속 여자만 빼면 나는 이제 평범한 일상을 이어갔다. 화장지 도난 문제는 화장지를 오전에만 교체하는 것으로 해결했다. 간혹 얼마 남지 않은 화장지가 오후에 모두 사용되면 화장지 케이스는 텅텅 비었다. 화장지가 없다는 사실을 확인하고 사람들은 화를 내고 당황했다. 그 사람들에게는 미안했지만 화장지를 먹는 귀신과 비교하면 빈 화장지 케이스 정도는 웃고 넘길 인생의 아주 작은 문제가 아닐까.

가끔 서랍 속 하드디스크의 존재와 종규 씨의 빈자리를 보면서 다시 그 영상 속 여자를 떠올렸다. 이제는 어디 다른 빌딩으로 떠났기를, 그리하여 그곳에서 그나마 우리 것보다 조금 더 나은 품질의 화장지를 마음껏 먹기를 바랐다. 이제 하드디스크만 제대로 처리한다면 내 안에 남은 트라우마도 사라질 것이다.

어느 날 내가 술을 잔뜩 마시고 분위기가 제대로 잡히고 혹시 누군가 무서운 일에 대해 이야기해보자고 운을 띄웠을 때, 지금 내가 겪은 사건을 말할 시간이 올지도 모르겠다. 하지만 나는 몰래카메라의 존재에 대해, 종규 씨가 남긴 하드디스크에 대해 평생 입을 다물고 있기로 결심했다. 그러자 아무 일도 없었던 것처럼 나의 일상도 평정을 되찾기 시작했다.

일이 많은 날은 정신없었고, 일이 없으면 그것대로 걱정인 나날이 이어졌다. 이제 사람들로 북적거리는 빌딩은 관리할 일도 많았지만, 초기처럼 사람의 인력이 꼭 필요한 일은 점차 줄었다. 나 역시 종규 씨처럼 잘리는 것은 아닐까하는 불안감이 몰래카메라 영상 충격을 덮어버리는데 충분했다.

피곤한 하루를 안고 집으로 돌아왔다. 오늘은 유명 맛집이라는 사무실 근처 족발 집에서 족발세트를 하나 사고 편의점에서 맥주도 구입했다. 텔레비전을 보면서 맥주를 마시고 족발을 먹었다. 인터넷 평만큼 맛있지는 않았다. 맥주 두 캔을 마셨더니 요의가 심해졌다. 나는 화장실에서 볼일을 보다 화장지가 비었다는 사실을 깨달았다. 나는 화장실 수납장에서 화장지를 꺼내 교체했다. 그러는 김에 샴푸와 비누가 얼마나 남았는지도 알아보았다. 여전히 정리정돈이니 청소를 잘 하지는 못하지만 관리실에서 일을 하니 무언가가 부족하거나 넘치거나 하는 문제에 예민해진다. 이것이 직업병이라면 직업병일까.

맥주를 마시고 텔레비전을 보며 하루를 마무리하는 삶, 이것도 나름 괜찮다는 생각이 들었다. 더 이상 무엇이 더 필요할까. 배부르고 큰 걱정이 없는 이런 삶이라면 나는 만족이다.

잠자리에 들었다가 한밤중에 갑자기 눈을 떴다. 요즘 악몽에 시달리긴 했지만, 분명한 건 지금은 악몽이 나를 깨운 게 절대 아니라는 사실이다. 갑자기 서늘한 바람이 내 온몸을 스쳐지나갔다. 어제 화장실에서 똥을 누고 얼마 남지 않은 화장지를 새로 갈았다는 선명한 기억이 곤하게 잠을 자던 나를 깨웠다. 그러니까 아까 내가 목격한 빈 화장지는 무엇이었고 무슨 의미인지 궁금했다. 그래서는 안 된다. 지금 나는 혼자 살고, 어느 누구도 내 화장지를 사용하지 않는다. 내가 방에 들어 왔을 때 이 오피스텔에는 아무도 없었다. 누군가 숨을 곳도 없다. 부모님이 왔었다면 미리 전화를 했거나 흔적이 남아 있으리라. 분명한 사실은 화장지는 어제 내가 새로 갈아둔 상태로 남아있어야 한다는 점이다. 그런데 아까 내가 화장실에 갔을 때는 빈 화장지 심만 남아 있었다. 그럼 그 화장지는 누가 쓴 것일까? 그리고 나는 아까 그것도 모르고 새 화장지를 채워 넣었다.

집 화장지가 사라져버렸다는 사실을 깨닫고 앞이 보이지 않는 까만 방에서 나는 침대위에 목석처럼 누웠다. 눈을 뜰 수도 없다. 갑자기 오한이 드는 가 싶더니 요의가 밀려왔다. 참을 수 없는 수준이었다. 하지만 일어날 수도, 화장실을 갈 수도 없었다. 내 귀에 '도르륵도르륵' 화장지 걸이 돌아가는 소리가 들리는 것 같았다. 나는 눈을 꼭 감고 이불을 얼굴 위까지 올렸다. 지금은 무엇도 해서는 안 된다. 아무 것도.

완 벽 한   혼 자

'삐.' 언제 들어도 낯설게 들리는 알람 소리가 울렸다. 그렇지 않아도 뱃속에서 연신 꼬르륵 소리가 났는데 오늘은 평소보다 알람이 늦었다. 나는 급히 자료를 정리하고 지갑을 작은 가방에 넣고 자리에서 일어섰다. 지금은 당장 점심을 먹으러 가자는 생각밖에 들지 않았다.

오늘은 어디에서 무엇을 먹을지 고민하며 거리로 나섰다. 아무 생각 없이 걷다보니 평소 가던 식당가와 반대 방향이었다. 아직 완공되지 않은 건물들뿐이라 이쪽으로는 식당이 있을 리 없었다. 큰 도로를 끼고 있지만 거리에는 지나는 사람도 적었다. 내 오른편으로 골격만 제대로 세워진 건물, 외부는 이제 거의 완공된 듯한 건물에 이어 여전히 사방이 울타리로 막혀 있고 타워크레인만 보이는 구역이 연달아 지나갔다. 이 건물들이 모두 지어진다면 이곳에도 사람이 제법 많아질 테고 식당도 생길 것이다. 지금은 '쿵쿵' 공사 소리만 가득한 이곳을 지나며 먼 훗날을 기약했다.

배가 다시 꼬르륵거려 마음이 급해졌다. 다시 되돌아가야 하나 싶었을 때, 공사 중인 건물들 끝에 낯선 건물이 나타났다. 새 건물 냄새가 풀풀 풍기는 것이 완공된 지 얼마 되지 않은 듯했다. 건물 옆 좁은 길로 접어드니 건물 뒤편에 분식집과 카페, 국수집이 보였다. 아무 식당이나 나타나라고 빌었는데 이제 선택지가 두 곳이 되니 어느 메뉴를 골라야 할지 고민이 되었다. 김밥과 라면, 칼국수와 만두 두 메뉴를 고민하다 나는 국수집으로 들어섰다.

햇살이 비치지는 않았지만 국수집 내부는 환하고 밝았다. 온통 하얀 벽과 하얀 테이블과 의자 덕분에 더 그러했다. 손님은 아무도 없었다. 이곳에 식당이 있는지 사람들이 알지 못하고 점심식사 시간대도 지나 그럴 것이다. 나는 시간을 확인하려 작은 가방에서 휴대폰을 꺼내려 했다. 그런데 휴대폰이 없었다. 작은 가방 안을 샅샅이 살펴보았지만 휴대폰은 없었다. 당혹스러웠다. 어디선가 휴대폰을 잃어버린 것은 분명 아니었다. 사무실에서 식당까지 걸어오는 동안 가방 안에는 손조차 대지 않았으니까. 그렇다면 사무실에서 휴대폰을 챙겨 나오지 않았을 것이다. 점심식사가 늦어 초조한 마음에 급히 나오다 그런 모양이다.

이래서야 낭패다. 전화가 오는 경우는 없지만, 항상 인생이 그렇듯 휴대폰을 챙기지 않았을 때 꼭 중요한 전화가 오지 않던가. 일은 대부분 관리 프로그램이나 메일로 진행하지만, 간혹 급하거나 중요한 일은 전화로 전달한다. 물론 지금까지 일과 관련해 전화를 받은 적은 없었다. 그러나 휴대폰을 사무실에 두고 온 지금, 나는 갑작스레 업무전화가 올까봐 불안해졌다. 만약 전화가 왔대도 점심식사를 하러 나오느라 받지 못했다고 말하면 문제가 되지 않을 것이다. 괜찮다고 속으로 되뇌어보지만 불안한 마음은 쉽게 사라지지 않았다. 이것이 걱정 많은 소심한 직장인의 뻔한 일상이리라.

매끈한 의자 감촉이 불편했다. 오늘은 평소처럼 식사를 한 뒤 주변을 산책하는 일은 없다. 식사를 마치면 바로 사무실로 올라가야 한다. 나는 그렇게 다짐하며 빨리 밥을 먹자고 생각했다. 지금 내 곁에 있지도 않은 휴대폰이 요란한 소리를 내며 울리는 것 같은 환상에 사로잡혀 나는 칼국수와 만두 세트를 기다렸다.

손님이 나밖에 없는데도 내가 시킨 음식은 금방 나오지 않았다. 손님이 없기에 더 느린 것일지도 모르지만, 이제와 나갈 수도 없었다. 일하는 사람은 없는지 주문을 받은 이가 식당 안으로 들어가 모습을 드러내지 않았다. 마음은 조급한데 식당 내부는 아무런 변화 없이 고요했다. 아무 할 일이, 생각할 거리가 없어서일까. 내 마음속에는 온갖 잡생각이 드나들었다.

밥을 먹고 다시 사무실로 들어가려면 이곳까지 왔을 때처럼 공사 중인 건물들 옆을 지나가야 한다. 크레인이 무너진다거나 어떤 낙화물이 떨어진다면 어떡하나. 그런 사고는 잊을 만하면 뉴스에 등장하곤 했다. 내가 그런 사고를 당한다면 휴대폰이 없으니 다른 이가 구조 요청을 하지 않는 한 나는 무사하지 못할 것이다. 한번 곤란한 상황에 처하는 상상이 떠오르자 내 머릿속에는 온갖 시나리오가 떠다녔다.

사무실까지 올라가는 엘리베이터가 갑자기 멈추고 비상통화장치까지 먹통이라면? 요즘 엘리베이터가 괜히 심하게 흔들리는 것 같더라니. 게다가 아까 엘리베이터를 타고 1층으로 내려올 때 '쿵' 큰소리를 내고 도중에 멈출 뻔 했던 게 떠올랐다. 그러자 갑자기 엘리베이터가 언제고 멈출 것 같다는 불안감이 밀려왔다. 그것도 하필이면 내가 밥을 다 먹고 사무실로 올라가려 엘리베이터에 올랐을 시점일지도 모른다. 휴대폰이 없다면 엘리베이터 안에서 아무 연락을 못한 채 꼼짝 못하고 있어야 한다.

엘리베이터만 문제인가. 거리에 갑자기 발생한 싱크홀 구멍 안으로 빠진다거나 갑자기 도로로 달려든 자동차 같은 나를 위급하게 만들 상황은 얼마든지 있다. 이 식당만 해도 그렇다. 여기서도 무슨 사고든 발생할 수 있다. 가스가 폭발하거나 건물이 붕괴하거나 아니면 식당 안으로 칼 같은 무기를 든 미친놈이 뛰어 들어오거나. 당장 휴대폰이 내 곁에 없다는 이유로 내가 위기에 처할만한 온갖 상황이 벌어질 것만 같았다. 그 사고 속에서 어디로 신고하지도, 알리지도 못하는 무력한 내가 보였다. 이게 다 내가 휴대폰을 사무실에 두고 온 탓이다.

그냥 나가 분식집에서 김밥을 포장해 갈까 고민을 할 즈음, 쟁반을 든 이가 식당 안쪽에서 나타났다. '앗 뜨…….' 처음에 급히 칼국수 국물을 한 모금 삼켰다가 너무 뜨거워 자리에서 펄쩍 일어날 정도로 깜짝 놀랐다. 칼국수 그릇에서는 김이 나지 않았지만 국물은 상상 외로 뜨거웠다. 입은 물론이고 식도가 불에 달군 돌멩이를 삼킨 것처럼 따가웠다. 나는 찬물을 벌컥 마시고 국수를 후후 불어 식혀 삼켰다. 다급한 상황과는 달리 칼국수는 쉽게 식지 않았다. 만두 역시 막 솥에서 꺼낸 것처럼 뜨거웠다. 나는 조급한 엉덩이를 다스리며 꾸역꾸역 칼국수와 만두를 먹었다. 제대로 먹지 않고 사무실로 갔다가는 오후 늦게 다시 꼬르륵거리는 배를 부여잡고 연신 '배고파.'라고 울부짖을 게 뻔하다. 마음이 아무리 급하고 다급한 위기신호가 몰려와도 일단 배는 채워야 하는 게 불변의 진리다.

내 마음을 사로잡은 불안함을 마음 깊숙한 곳으로 억지로 내려 보내고 먹는 데 집중했다. 지나치게 뜨거운 칼국수와 만두를 겨우 먹은 뒤 나는 식당을 나섰다. 여전히 '쿵쿵' 공사 소음이 배경으로 낮게 깔리는 길을 지나 사무실 방향으로 급히 향했다.

내가 사무실에서 이렇게나 먼 거리까지 왔나 싶게 한참을 걸어야 했다. 그러는 동안 또 다른 불안함이 내 마음을 덮쳤다. 이번에는 가족에게서 급한 전화가 왔을지도 모른다는 생각이었다. 인간에게는 언제 어디서든 무슨 일이든 일어날 수 있다. 매일 평범한 일상이 반복되었던들 한번 인생이 삐끗하면 언제든 특별한 사건이 일어난다. 가족에게 안부 전화를 살갑게 하는 편은 아니지만, 언제고 가족에게 무슨 상황이든 벌어날 수 있다. 아무리 전화를 걸어도 연결이 되지 않는 나 때문에 당황하고 불안해하는 가족의 모습이 떠올랐다.

식당을 나와 거리를 걷는 동안 다행스럽게도 내가 전화를 급히 해야 할 위급한 상황은 없었다. 그래도 휴대폰에 내가 받지 못한 온갖 위급한 통화가 있을 것 같은 불안함에 나는 급히 사무실로 내달렸다. 사무실 건물이 보인다. 지금껏 한 번도 깨닫지 못했는데 밝은 금색을 띤 건물은 햇빛을 받아 반짝거렸다.

느릿느릿한 엘리베이터를 타고 사무실에 들어서자, 나는 조용한 사무실의 공기를 흐트러뜨리며 급히 책상 위로 내달렸다. 휴대폰은 책상 위에 어지럽게 놓인 서류 아래에 숨어 있었다. 휴대폰을 열어보았더니 하얀 구름이 뜬 맑은 하늘을 담은 사진 위로 오늘의 날짜와 시간이 떠있었다. 내 휴대폰에는 어떤 전화도 없었다. 급한 업무를 알리려는 회사의 전화도 없었고, 가족이나 친구에게서도 전화가 와 있지 않았다. 다들 나처럼 아무 문제없이 오늘 하루를 살고 있는 모양이다. 물론 내가 지금 사무실에 무사히 당도했으니 휴대폰이 없어 구조를 요청하지 못하는 상황을 겪지도 않았다.

어떤 전화도 오지 않은 휴대폰을 들고 나는 허탈하게 웃었다. 그럼 그렇지. 평소에도 여간해서는 전화가 오지 않는다. 내가 전화를 할 위급한 상황이 생기지도 않았다. 그러니 점심을 먹는 짧은 시간 동안 휴대폰이 없었다고 혼자 속으로 난리를 칠 필요도 없었다. 나는 여전히 잠잠한 휴대폰을 들고 한참을 서 있었다. 이번 기회에 엄마한테 오랜만에 전화를 걸어볼까, 아니면 친구들한테 전화를 해볼까 고민했다. 누군가와 통화를 한지도 오래됐다. 나는 휴대폰을 들고 한참을 망설이다 그대로 다시 휴대폰을 내려놓았다. 지금 당장 전화를 걸고 싶다는 생각은 금세 사라졌.

내가 하는 상담관리일이라는 건 꽤나 고독하고 외로운 작업이다. 혼자 작은 사무실에 틀어박혀 메일로 도착하는 업무를 처리하고 프로그램을 작성하면 된다. 간단한 업무였지만 다른 이와 마주칠 일도, 대화를 나눌 일도 없다. 오롯이 나 혼자서 처리하면 된다. 처음에는 분명 누군가 전화를 걸지도 모르고 내가 전화를 걸어 문의할 수도 있다고 했는데, 그럴 일은 생기지 않았고 내 예상에는 앞으로도 없을 것 같다. 오늘처럼 내가 휴대폰과 잠시 떨어져 있는 동안 내 상상 속에서 온갖 전화가 걸려왔던 것과 달리 실상은 정반대다. 여전히 어제처럼 그리고 아마도 내일도 마찬가지겠지만, 내 휴대폰은 조용했고 또 잠잠할 것이다. 나에게 긴급하게 전화를 걸 사건이 발생하지 않은 것처럼 어느 누구도 나에게 전화를 걸지 않았고 앞으로도 오지 않을 것이다. 휴대폰에는 언제고 날짜와 시간을 알리는 화면만 선명하게 떠 있으리라.

나는 다시 자리에 앉아 메일을 확인하고 프로그램을 실행시켰다. 작업 요청 사항을 확인하고 프로그램에 입력하면서 휴대폰을 책상 위 잘 보이는 곳에 두고 틈틈이 바라보았다. 오늘이 지나고 똑같은 내일이 올 테고, 나는 마냥 똑같은 시간을 보내며 하루를 살아가겠지. 그 일상이 지금 나에게는 지나치게 흡족해 더 이상 무엇도 더 필요하지 않다는 만족감이 밀려왔다. 그래, 이 정도면 됐다.

답답하다. 오늘도 별반 다르지 않은 날이다. 참가자는 여전히 실험 속에서 빠져나오지 못하고 그 안에서 편하게 지내는 모양이다. 도대체 이 난국을 어떻게 타개해 나가야 할지 고민이 깊어간다. 아무도 없는 실험실에서 나는 한숨을 푹 쉬었다. 내 신세가 이렇게 급작스럽게 변할 줄이야 어느 누가 알았을까. 이 모든 게 한순간의 작은 실수에서 비롯되다니.

그동안 인간을 대상으로 한 심리실험의 한계는 너무도 명백했다. 인위적인 상황을 만들어 그 반응을 살피기에는 인간의 심리와 인간을 둘러싼 사회적 환경이 너무도 복잡하다. 그렇게 나온 결과래야 사람들의 인정을 받기 힘들다. 참가 대상이 대체로 대학생으로 한정되는 점도 문제였다. 그렇다고 다양한 인간을 쥐나 원숭이처럼 어딘가에 가둬두고 조건을 정해 실험할 수는 없는 노릇이다. 그 한계 속에서 사람들의 눈과 귀를 번쩍 뜨게 할 만들 실험을 설계하고 결과를 만들어내는 건 정말 어려웠다.

그러다 이 연구실의 수장인 명도윤 교수가 획기적인 실험 방법을 제안했다. 사람을 실제와 구별되지 않는 가상세계에 빠뜨린 채 실험을 하는 방식이었다. 지금까지는 엄청난 비용과 한계 때문에 불가능했던 이 실험이 가능해진 이유는, 가상세계가 바로 참가자의 마음속에서 지속적으로 실행되도록 설계됐기 때문이다. 내가 이렇게 잠든 것처럼 누워 있는 실험 참가자를 앞에 두고 꼼짝 못하는 것도 그런 연유다.

실험은 먼저 참가자에게 실험 상황을 몇 번이고 이해시키고 마음속에 깊이 새기는 데서 시작한다. 참가자는 자신이 어떤 상황에 처하게 될지 미리 듣고 상상한 뒤 프로그래머가 만든 가상세계에 접속한다. 그곳에서 자신의 상상과 가상세계를 결합하여 자신의 실제인양 경험을 한다. 그리고 그런 과정은 참가자의 꿈이든 상상이든 머릿속에서 진행되며 참가자의 본모습을 우리에게 알려준다.

참가자는 실제와 구별되지 않는 마음속 상황에 들어가 직접 행동하고 생각하고 결정을 내린다. 우리는 그 결정의 결과를 확인해 사람의 심리를 완벽하게 파악하고 논문을 쓰고 획기적인 결과를 발표해 세상의 주목과 부러움을 한눈에 받게 된다. 명 교수가 실험을 우리에게 맡기고 전 세계 유명 매체와 인터뷰를 하러 다니는 것도 그 때문이다.

대학원 박사과정까지 진학할 결심을 한 터라 이곳에서 연구를 할 수 있게 결정 났을 때는 뛸 듯이 기뻤다. 부모, 친척, 친구 할 것 없이 내가 아는 모든 사람들에게 잘난 척을 하며 자랑했다. 헤어진 연인에게도 연락을 하고 싶었지만, 그것까지는 차마 하지 못했다. 내가 그 정도까지 막장은 아니니까. 문과라 죄송하다더니 더 이상 그런 말은 나에게 안 통한다. 이제 내 앞으로는 성공할 기회만 남았다고 으스댔다.

내가 맡은 연구는 인간의 고독과 연결 심리에 관한 것이다. 과연 인간은 언제 어떤 상황에서 다른 인간과의 접촉을 그리워하고 원하는지를 연구한다. 기존의 연구래야 기껏 설문조사를 해 사람들과 언제 얼마나 통화를 하느냐 언제 가장 많이 생각나느냐 등의 결과를 추려 내는 게 전부였다. 하지만 이 실험은 다르다. 실험 참가자는 고독할 수도 있는 실제와 비슷한 상황에 내던져진 채 실제와 다름없는 선택과 행동을 보여준다.

이번 실험 설계는 완벽했다. 명 교수 역시 감탄을 금치 못했을 정도였으니까. 먼저 내 실험에 참가하는 사람은 자신이 어떤 세계를 접하게 되는지 미리 이야기를 듣는다. 참가자는 한 기업체의 상담 관리 업무를 맡고 있다. 메일로 업무 지시가 내려오면 프로그램에 입력하고 수정하는 간단한 일이다. 작은 사무실을 혼자 쓴다. 전화는 오지 않는다. 단지 사무실에 설치된 알람소리가 참가자에게 시간을 알려줄 뿐이다.

가상세계 속에도 참가자 이외의 사람들이 물론 존재한다. 길을 가다가 혹은 사무실 복도에서 만나는 사람들은 모두 가상의 캐릭터다. 이들은 항상 중립적인 표정을 짓고 대화를 나누는 상황도 거의 없도록 설계되었다. 참가자에게 인간적인 접촉을 최소화하려는 노력이었다. 처음에는 가상세계에 어떤 인간 캐릭터도 넣지 않았는데 그래야 인간의 고독을 더 잘 알 수 있을 것 같아서였다. 그러자 인간의 고독을 실험하려던 상황이 인간의 공포에 대해 더 많이 알려주었다. 그리하여 급히 프로그래머에게 요청해 다음 참가자부터 참여할 가상세계에는 온라인 게임 속 NPC처럼 인간이 아닌 컴퓨터 자체의 캐릭터들을 몇 개 생성하여 넣은 것이다. 자신과는 전혀 상관없는 타인, 그리고 대화나 미소는 전혀 없는 사람들이 지나는 곳에서 참가자는 혼자 있다는 고독의 순간을 맞이한다.

이때 업무에 대한 상황은 두 가지다. 하나는 일이 지속적으로 몰려들고 까다로운 내용이 많아 업무 스트레스를 심하게 받을 만한 상황, 그리고 업무가 별로 어렵지도 않고 많지도 않아 업무 스트레스는 별로 없는 상황. 스트레스가 인간의 고독감에 얼마나 영향을 미치는지 알아보자는 취지에서 기획됐다. 이 가상세계 속에서의 실험은 참가자가 고독하다 느끼고 휴대폰으로 누군가에게 전화를 걸면 끝난다. 전화를 걸 때 어떤 상황에 처했고 어떤 느낌을 받았는지, 누구에게 전화를 걸었는지, 전화를 걸기까지 얼마나 시간이 걸렸는지 등을 체크한다.

만약 참가자가 전화를 걸지 않아 실험에서 빠져나오지 못할 만약의 상황을 대비해 이쪽에서 전화를 거는 대비책도 마련해두었다. 전화벨이 울리면 참가자는 자동적으로 가상세계에서 빠져나와 실험이 종료된다. 그래봤자 모든 참가자는 가상세계에 들어가고 얼마 후 모두 전화를 걸어 실험에서 빠져나왔다. 그리고 꿈속 같이 느껴졌던 그곳에서 어떤 생각을 했고 얼마나 외로웠으며 누가 가장 먼저 기억났는지 미주알고주알 털어놓았다.

이 거대한 데이터는 인간에 대해 알려주는 소중한 자료였고 내 이름을 세상에 드높일 성공의 기반이었다. 그러나 그 세계에 완전히 빠져 자기가 혼자인데도 고독하다 느끼지 못하고 안착하여 살고 있는 참가자가 생겼다. 지금 내 앞에 보이는 저 사람 말이다.

물론 이 참가자에게 우리는 전화를 걸어 가상세계에서 빼내와야 한다. 그런데 문제는 참가자에게 걸 전화번호 코드를 보안을 위해 복잡하게 만들었다는 데 있다. 미리 이 코드를 입력해 두었다가 전화를 거는 용도로 사용해야 하는데, 나는 실수로 이 참가자의 코드를 저장해 두지 않았다. 무작위로 만들어지는 코드는 그렇게 프로그램세계라는 손에 잡히지 않는 허공으로 훨훨 날아가 버렸다. 이 가상세계를 만든 프로그래머는 그 코드를 찾아내려면 정확히 120년이 걸린다고 말했다. 그게 정확한 수치인지 아닌지는 모르겠지만, 어쨌건 나는 이 참가자를 우리 쪽에서 깨울 방도를 잃어버렸다. 처음에야 당연히 이 참가자가 시간이 걸릴 뿐 조만간 전화를 걸 것이라 생각했다. 모든 인간은 언제고 고독감을 느끼고 다른 사람과의 연결을 갈구하는 존재이니까.

스스로 전화를 걸어 가상세계에서 빠져나온 다른 실험 참
가자들은 모두 비슷한 이야기를 했다. 자신과 친한 사람들 혹
은 동료라 여길만한 사람을 만나지 못한다는 사실에 당황스
러웠다고. 업무가 힘들든지 아니면 외롭던지 아니면 그냥 심
심해서든 사람들은 가족과 친구, 연인에게 전화를 걸었고, 우
리는 그 사람이 실험에서 빠져나오기까지 걸린 시간을 체크
했다. 면담을 하며 참가자에게 그 세계에서 기분은 어땠는지
어떤 상황이었는지 누구에게 전화했는지 등의 사항을 묻고
정리했다. 이를 통해 인간이 어떤 상황에서 고독을 더 강하게
느끼고 누구를 찾는지 확실한 데이터를 추렸다.

하지만 이 참가자는 실험을 시행하고 며칠이 지났지만 여전
히 가상세계에 빠져있다. 분명 이렇게 긴 시간동안 그 안에서
지내다보면 부족하거나 이상한 부분이 있을 텐데도 용케 버티
고 있다. 어쩌면 그 안에서 자신만의 세계를 완성하는 중인지
도 모르겠다. 참가자 내부의 평온과는 반대로 이쪽에서는 모
두 위기다. 긴급한 상황에 모두들 보안코드를 찾아내려 노력
했지만 그건 모두 헛된 작업으로 판결났다. 120년이 걸리더라
도 딱 맞는 보안코드를 찾아내거나 이 참가자가 어서 누군가

에게라도 전화를 걸기를 기도하는 심정으로 바라보았다.

분명 이 실험을 시작하기 전, 나 역시 그 가상세계를 직접 체험했다. 참가자가 어떤 경험을 하는지 무슨 상황을 겪는지 직접 알아야 그들과 대화를 나누고 이해하기 쉽기 때문이었다. 실제로 실험이 안전한지 여부도 직접 확인하는 과정이기도 했다. 나는 그때를 떠올렸다. 바로 어제 일이었던 것처럼 생생한데도 막상 기억 속 과거는 흐릿했다.

명 교수는 당연히 자신이 만든 가장 완벽한 실험이 나 때문에 모두 망쳐질까 봐 걱정이 이만저만이 아니었다. 영원히 깨어나지 않는 참가자라니. 간단한 심리실험을 받으러 왔다 의식을 차리지 못하고 병원 침대에 누워 가상세계에서 빠져나오지 못하리라고 누가 상상이나 했겠는가. 당연히 이 사실이 밝혀지면 세계의 극찬을 받았던 이 실험은 금지될 것이 뻔하다. 그동안 만들어진 실험 결과와 논문들도 문제가 될 것이다.

이런 미래가 그려지자 명 교수는 물론 실험실 동료였던 모든 사람들이 나에게 적의감을 드러냈다. 당장이라도 나를 쫓아내고 싶겠지만 문제는 이 참가자였다. 일단 내 실험에 참가했으나 깨나 깨지 못하나 내가 지켜봐야 할 터였다. 한때 동료라고 생각했던 사람들로부터 없는 사람 취급을 받으면서도 나는 어떤 변명도 하지 못했다. 어쨌건 이건 모두 내 실수에서 비롯된 것이 분명하니까.

내가 모든 일을 망쳤다는 자책감과 주변 동료들로부터 받는 모멸감에 더해 혼자 참가자의 상태를 살피며 지켜보는 일에 스트레스를 받지 않는다면 거짓말일 것이다. 나는 이미 상당한 정신적 스트레스를 받고 있다. 육체적으로도 상당히 지쳤겠지만 그건 차후의 문제다. 실험실 유리창 건너편의 참가자를 살피고 혹시나 참가자가 뒤늦게라도 전화를 걸어주지 않을까 싶어 프로그램 창에서 눈을 떼지 못하는 상황. 나는 과연 어떤 결과가 나타나야 지금 이 모든 실수를 만회할 수 있을까 생각해보지만 시간이 갈수록 그건 불가능하다는 암담한 결론만을 내리고 만다.

내 컴퓨터 속에서 잠자고 있는 다른 참가자들의 데이터는 이대로 영원히 세상의 빛을 볼 수 없을 것이다. 여전히 인간의 고독을 연구하는 학자들은 사람들을 불러 설문조사를 하고 실험실이나 야외에서 이상한 조건을 만들어 인간을 관찰하는 제한적인 상황에서 실험을 할 것이다. 인간의 고독을 연구할 수 있는 가장 완벽한 실험은 실험에서 빠져나오지 않는 한 참가자 때문에 이렇게 끝장났다.

어찌해야 할지 매일 자책하고 후회하고 한숨을 내쉬어보지만 과거로 돌아가는 타임머신이 있지 않는 이상 내가 문제를 해결할 방도는 없다. 왜 보안코드를 저장해두지 않았을까, 아니 왜 이 사람을 참가자로 선택했을까, 왜 고독 같은 이상한 주제를 선택했을까, 왜 꼭 이 실험실에 들어오려고 했을까. 내 후회와 자책은 끝도 없이 이어졌다.

그럴 때마다 한 번도 손에도 대지 않았던 담배가 생각났다. 맥주 한모금도 간절해졌지만 맥주를 마셔봤자 화장실만 급할 뿐, 알딸딸하게 취하기는 어렵겠다는 생각이 들었다. 그렇다면 와인이나 소주를 마셔볼까. 갑자기 어딘가로 온 힘을 다해 달려갔다가 커다란 함성을 지르고 싶었다. 아니면 앞에 있는 무엇이든 발과 손으로 마구 때리거나. 하지만 나는 여전히 이곳을 떠나지 못한 채 화면을 바라보고 실험실에서 들려오는 경고음에 귀를 기울이기만 할뿐이다.

극심한 스트레스가 나를 사로잡을 때마다 나는 이곳에서 머리를 쥐어 잡고 자책하는 것으로 시간을 보냈다. 어쩐단 말

인가. 나에게 허락된 것은 이 좁은 공간과 지독한 후회뿐인
것을. 그럴 때마다 휴대폰을 손에 들었다. 엄마 목소리를 들
으면 마음이 평화로울까. 분명 엄마는 내가 연구를 잘 해내갈
것이라고 여기며 안심하고 지낼 것이다. 이곳에서 실험을 제
대로 마무리하고 논문만 쓰면 교수 자리는 따 놓은 당상이라
고 큰소리쳤는데. 엄마는 그 말을 듣고 눈물을 글썽거리며 좋
아하셨다. 취업전쟁이라는 말이 들릴 때마나 내 아이는 상관
없는 일이라고 여기며 여유로운 미소를 짓겠지. 그런데 내가
실패하게 되었다고, 아예 치고 나갈 바닥조차 사라져버린 심
해에 빠졌다고 한다면 얼마나 실망하실까.

　친구들은 어떤가. 나는 휴대폰을 들고 저장된 친구들의 이
름을 하나씩 읊어본다. 이 실험실에 들어오게 됐을 때, 언젠
가는 신문이나 방송에 나올 테니 두고 보라고 얼마나 호언장
담을 했던가. 개중에는 부러움과 질시의 눈빛을 보낸 친구도
있었다는 걸 나는 분명하게 안다. 그런 상황에서 이들에게 전
화를 건다면? 아, 말을 말자. 차라리 친구들과는 연락 없이 지
내는 것이 내 스트레스를 덜어내는 길이리라.

　나는 휴대폰에 저장된 한 이름 앞에서는 유독 정신이 아득

해졌다. 나를 떠나간 연인. 한때는 아름다운 사랑을 나누었다고 생각했는데, 시간이 흐르고 보니 그것이 모두 나만의 착각이었다. 이 실험실에 들어올 때도 연락을 하지 못했는데, 이제 완연히 실패의 길을 걷게 된 지금 연락을 하는 건 더더욱 말도 안 된다. 나 없이 잘 살아라 속삭이며 한숨을 내쉬었다.

마음 편하게 연락할 사람조차 없으니 내 경력은 물론 내 인생 자체도 실패처럼 여겨졌다. 그러다 나는 한 이름을 떠올렸다. 실험실에서 내 멘토를 자처했던 심 선배였다. 내가 처음 이 실험실에 들어왔을 때, 실험실을 소개해주고 실험실 동료들에게 일일이 나를 소개시켜주었던 사람. 내가 나만의 실험을 기획했을 때 주변 사람들에게 알려주고 도움을 주고 또한 프로그래머와 문제가 있을 때마다 중간에서 해결해주었던 사람. 무슨 문제가 있으면 연락을 달라고 신신당부를 했었는데. 심 선배는 처음 이 문제가 불거졌을 때 나를 위로하고 잘 해결될 거라며 희망을 가지라고도 했었다. 그리고 어려운 일이 있으면 꼭 연락을 달라고도 했었다.

나는 심 선배의 연락처에서 한동안 눈을 떼지 못했다. 선배라면 내가 어떤 이야기를 해도 진지하게 잘 들어주겠지. 나는 통화 버튼을 누르려다 한참 고민하고 그냥 휴대폰을 바닥에 내려놓았다. 심 선배에게는 나중에 전화를 걸자. 분명 심 선배는 내 전화 때문에 곤란한 상황에 처하게 될지 모른다. 나에게 좋은 선배이기는 했지만 나중에 전화를 걸 적당한 때가 생길 것이다. 나는 다시 한숨을 내쉬었다. 시간이 갈수록 내 한숨소리는 길어지고 커졌다. 문제가 해결될 기미가 보이지 않는 현재, 내가 할 수 있는 유일한 것이 한숨을 쉬는 것뿐이다.

나는 자리에서 일어나 밖으로 나갔다. 밖이래야 이 실험실에 딸린 작은 베란다였다. 베란다라고는 하지만 ㄷ자 모양인 건물의 안쪽에 사무실이 있어 나가봤자 보이는 건 다른 건물의 벽과 베란다였다. 그 베란다에 다른 사람의 모습은 언제고 보이지 않았다. 실험에 몰두하느라 나올 틈이 없거나 아니면 빈 실험실인지도 모른다.

고개를 옆으로 돌리면 밖의 하늘과 바깥 풍경이 보이지만 그 공간은 지나치게 작았다. 흡사 벽에 바깥 풍경을 찍어놓은 사진을 붙여둔 것처럼 매번 똑같은 광경이 보였다. 바람도 제대로 불지 않는지 이 실험실 안과 비슷한 공기가 느껴졌다. 그래도 바깥이라는 생각 때문인지 복잡한 내 머릿속이 정리

되는 것 같았다. 나는 실험실에 신경을 곤두세우고는 베란다로 나갔다. 여전히 바람도 불지 않고 여전히 똑같은 풍경이지만 그래도 조금 마음이 편해졌다.

얼마나 베란다에 나와 있었을까. 실험실에서 이상한 소리가 났다. 실험실에서야 항상 다양한 소리가 배경음처럼 났지만, 이건 들어보지 못한 새로운 소리였다. 나는 급히 실험실 안으로 들어갔다. 실험실 안에서 요란한 소리가 들렸다. 도대체 어디서 나는 무슨 소리인지 영문을 몰라 당황했다. 나는 소리의 진원지를 찾았다. 그것이 내가 아까까지 들고 있던 휴대폰에서 나는 소리라는 것을 깨닫고 실소를 터뜨렸다. 내 휴대폰에서 울리는 벨소리가 낯설었다.

휴대폰을 바라보니 당장이라도 터져버릴 폭탄처럼 보였다. 작은 휴대폰이 거대한 벨소리를 내며 내 손안에서 악을 쓰고 있었다. 나는 계속 휴대폰을 바라보았다. 휴대폰에 뜬 이름은 '명도윤'. 바로 나의 보스이자 이 실험실의 주인, 세상의 극찬을 받은 심리실험을 만들었지만 나로 인해 망해버릴지도 모를 사람이었다. 나는 귀에 거슬리는 벨소리를 이겨내고 계속 휴대폰을 바라보았다. 명 교수는 전화를 걸어 나에게 무슨 이야기를 할 것인가.

내가 겪는 이 문제를 해결할 묘안이 떠올랐다거나 이미 누군가 해결방법을 찾아냈다는 좋은 이야기일까. 아니면 아직도 참가자가 깨어나지 못해 이 실험실이, 명 교수가, 그리고 나를 포함해 이 실험실과 연관된 많은 사람들이 조만간 망할 것이라는 사실일까. 그도 아니면 이 실험실과 명 교수가 망하기 전에 나를 해고하려는 속셈일까. 나는 휴대폰에 뜬 '명도윤'이라는 발신인을 보고 계속 망설였다. 내 주저함과 상관없이 휴대폰에서는 거대하고 고약한 소리가 계속 들렸다. 나는 이 소리를 여전히 의식 없이 누워있는 저 참가자에게 들려주면 어떨까 생각했다. 저 참가자는 지금 깊은 잠에 들어 현실 같은 가상세계에 빠져 있지만, 이 벨소리를 들으면 정신을 차리지 않을까 하는 헛된 망상이 생겨났다.

나는 다시 한 번 거대한 한숨을 내쉬었다. 한숨에도 문제는 해결되지 않았고, 여전히 명 교수가 전화를 끊지 않아 휴대폰은 벨소리를 내고 있었다. 나는 베란다로 휴대폰을 들고 나갔다. 베란다에서 전화를 받든 이곳에서 전화를 받든 아무런 차이가 없지만, 왠지 베란다에서 전화를 받아야 할 것 같았다. 그것이 병실에서 의식을 차리지 못한 채 누워있는 참가자에 대한 마지막 예의처럼 느껴졌다.

베란다에 나가서도 나는 전화를 받지 못했다. 한참동안 휴대폰을 바라만 보았다. 이렇게 오랜 시간 내가 휴대폰을 받지 않고 있는데도 휴대폰은 끊길 기미를 보이지 않았다. 그렇게 바쁜 명 교수가 이렇게 오랜 시간 휴대폰을 걸고 있다는 사실이 놀라웠다. 그렇다면 분명 명 교수는 엄청나게 중요한 일 때문에 나에게 전화를 건 것이리라. 나는 나도 모르게 다시 한숨을 내쉬었다. 그렇다면 이제 전화를 받아야겠지. 명 교수가 어떤 이야기를 하든 간에 나는 받아들이는 거다.

나는 베란다에서 처음으로 바닥을 내려다보았다. 액자처럼 보이는 바깥 하늘과 바깥 풍경대신 바닥은 거대한 암흑과도 같았다. 갑자기 어지러웠다. 실험실이 몇 층이었는지 생각이 나지 않았다. 땅이 보이지 않을 만큼 이곳이 높은 곳에 있었던가. 나는 그제야 실험실에 대한 자세한 정보가 기억나지 않는다는 사실이 떠올랐다. 내가 잠깐 휘청했을까. 그때 여전히 벨소리를 내는 내 휴대폰이 바닥으로 떨어졌다. 바닥인 듯 바닥이 아닌 듯 존재하던 그 공간은 여전히 요란한 벨소리를 내는 휴대폰을 받아들였다. 벨소리는 여전히 조용해지지 않았다. 이제는 멀어진 벨소리를 들으며 나는 다시 실험실로 돌아왔다.

휴대폰 벨소리가 작게 들려왔지만 실험실에서 나는 다른 소리와 섞여 또 다른 배경음이 되었다. 명 교수가 어쩐 일로 나에게 전화를 걸었는지는 알지 못했다. 어쩌면 평생 알지 못할지도 모르겠다. 나는 실험실 의자에 앉아 다시 모니터에 집중했다. 여전히 의식없이 누워있는 참가자도 힐끗 바라보았다. 순간 그 참가자가 내 모습 같아 섬뜩했다. 곧 나는 내가 해야 하는 일에 정신을 집중했다. 어떤 전화가 걸려왔든 지금 내가 있어야 할 곳은 바로 여기다. 나에게 완벽한 혼자인 순간만이 남았다.

100층

모든 것이 내 눈 아래에 있는 100층 꼭대기에 서서 나는 아래를 내려다본다. 내가 원하는 모든 것이 여기에 있다. 깔끔한 분위기에 휴식을 취하고 시간을 보내는 데는 아무런 문제가 없다.

혼자였어도 절대로 외롭지 않았던 이 공간에 이제 누군가를 들이려한다. 나한테도 이런 일이 생기다니. 사랑에 빠진 어느 순간, 완벽하던 이 공간에 내가 혼자 있다는 사실이 거슬렸다. 혼자여서 더 좋던 이 공간이 빈 것처럼 느껴지다니. 아마도 그게 사랑이겠지. 이 공간에서 나와 그 사람이 함께할 수 있다면 나만의 파라다이스는 더욱 완벽해질 것이다. 과연 어떤 식으로 초대할지, 완벽한 공간에 완벽한 새 사람을 들이는 만큼 완벽한 초대방법이 무엇인지 오랫동안 고심 중이다.

내가 여러 초대방법을 고려하다 일이 잘못됐다. 어디서부터 틀어진 것일까. 내 고민이 너무 길었던 탓일까. 내가 완벽한 초대를 준비하는 사이, 그 사람이 무턱대고 내 공간으로 들어왔다. 내 공간을 만든 후 처음으로 맞는 손님인데 이렇게 급작스럽게 등장하다니. 나는 이런 상황이 썩 마음에 들지 않았지만, 일단 그 사람이 저지른 일인 만큼 좋게 받아들이기로 마음먹는다. 아무래도 내가 너무 우유부단하게 시간을 끌었던 탓이리라. 내가 어디 있는지 그 사람에게 알렸고, 그곳에 초대하겠다는 언질도 했으니 그 사람의 급작스런 방문도 어느 정도 예상했어야 했다. 그래도 주인에게 정중한 부탁도 없이 먼저 들어오다니. 혹시 내가 사람을 잘못 본 것이 아닌가 하는 의심이 살짝 든다. 그보다 다른 이를 맞이할 준비를 아직 끝내지 못한 이 공간에 무언가 변화가 있지 않을까 걱정된다.

나는 오랜만에 지상으로 내려와 울타리를 살펴보았다. 100층 공간을 만드는 동안 이를 둘러싼 튼튼한 울타리에도 나름 공을 들였다. 어느 누구도 나만의 공간을 침입하지 못하도록 말이다. 물론 평소에는 어느 누구도 이곳으로 들어오지 못한다. 사람은 물론 짐승과 날벌레 하나까지도. 그러나 그동안 내가 그 사람에게 마음을 준 사이, 어딘가 빈틈이 있었거나 약해진 부분이 생긴 모양이다. 아마도 그 사람은 울타리의 약해진 부분으로 내 허락도 없이 들어왔으리라. 어디엔가 훼손된 울타리가 있을 것이다. 그곳으로 그 사람 외에 다른 것이 더 들어온다면 끔찍한 일이 벌어진다. 나는 천천히 울타리를 살펴본다. 다행스럽게도 울타리는 제 역할을 했다. 그 사람이 들어오긴 했지만, 뚫린 부분은 이미 원래 모습을 되찾고 있다. 점점 다시 굳건한 울타리로서의 역할을 수행하고 있다. 나는 무엇도 들어오지 못할 만큼 강력한 울타리를 살펴보고 위로 올라간다.

100층. 엘리베이터를 타고 올라갔다. 그런데 그 사람이 없다. 뭐지? 그 사람이 들어왔다면 분명 내가 있는 이곳으로 와야 한다. 내 뒷목으로 서늘한 바람이 지나간다. 이 공간으로 들어온 것은 그 사람이 분명하다. CCTV에 보였던 그 사람의 실루엣을 나는 기억한다. 반가운 한편 짜증스럽기도 했던 등장이었다. 분명 그 사람은 내 공간을 허락도 없이 들어왔어도 내가 지내는 바로 이곳 100층을 먼저 들러 인사를 해야 한다.

넓고 깔끔한 100층 공간을 살펴본다. 그 사람이 책꽂이에 꽂힌 책으로 변신한 것이 아니라면, 다른 곳에 있다. 나는 살짝 짜증이 난다. 혀를 끌끌 차며 각 층의 상태를 보여주는 CCTV를 본다. 그 사람은 53층에 있다. 53층은 영화감상실이다. 한때 나는 영화를 보는 것이 취미여서 최고의 영화감상 시스템을 갖추었다. 그런데 53층에 그 사람이 좋아할만한 최신 영화가 있는지 가물가물하다. 영화를 보지 못한 지도 오래됐다. 그 사람의 모습을 보자 솔직히 걱정이 된다. 내가 가장 많은 시간을 보내는 100층 외에 다른 층은 이곳만큼 신경을 쓰지 못했다. 분명 여기만큼 완벽하지 못할 지도 모른다. 그 사람은 이 아래에서 실망을 할 수도 있다. 빨리 100층 공간, 가장 완벽한 이곳으로 데려와야 한다.

잽싸게 53층으로 간다. 흰 벽에 눈이 내린 평야를 걷는 연인의 모습을 담은 영화 장면이 나온다. 화면과 함께 잔잔한 배경음악이 흘러나온다. 한때 내가 좋아했던 영화다. 가슴시린 사랑 이야기다. 추억에 잠긴 것도 잠시, 그 사람은 이곳에 없다. 내가 이곳에 내려오는 바로 그 순간, 다른 곳으로 가버렸다. 나는 짜증이 난다. 어디로 갔는지 또 확인해봐야 한다. 나는 엘리베이터 앞에서 한참 고민한다. 도대체 어디로 가야 할까. 그 사람이 아무데나 가고 있다면 나 역시 마음 내키는 대로 가보자. 우리는 천생연분이니 분명 어디에서인가 만날 것이다.

나는 눈을 감고 잠깐 고민하다 37층으로 향한다. 37층은 어디였는지 기억을 더듬는다. 암흑이 깔린 곳이 나타나자 내 마음에 두려움이 솟구친다. 한때 내 안의 모든 감각을 날카롭게 만들기 위해 암흑 속에서 음식을 먹고 음악을 듣고 향기를 맡았다. 이곳에서 음식을 먹으며 그 재료 본연의 맛을 새롭게 깨달았다. 음악은 내 가슴 속으로 바로 비집고 들어와 감성을 자극했다. 향기는 또 얼마나 풍부했던가.

가끔 재미삼아 들를 법한 공간이었지만, 어느 날 이곳에서 낯선 무언가의 촉감이 느껴졌다. 그것은 가구라던가 벽에 닿는 느낌이 아니었다. 분명 누군가 나 아닌 생명체의 느낌이었다. 이 암흑 속에 나 아닌 다른 존재는 있어서는 안 된다. 나는 무언가와 닿은 순간 비명을 지르며 이 공간을 빠져나왔고, 이곳을 기억에서 묻어버렸다. 도망칠 때 내가 내지르는 비명

소리가 얼마나 날카롭게 들렸던지. 나는 37층의 안쪽에 들어서지 않고 바로 뒤돌아선다.

내가 다음으로 선택한 것은 19층이다. 아래쪽부터 하나하나 방문해볼까 했지만 그냥 그 사람과 나의 운명을 믿어보고 싶다. 19층은 어디였더라. 곰곰 생각하다 아차 싶다. 이곳을 잊고 있었다. 내 어릴 적 추억을 모은 곳. 그곳을 지날 때마다 어릴 적 엄마 냄새, 할머니집의 창고 냄새, 내가 키우던 강아지 곰이의 냄새, 비가 내리기 직전 나던 흙냄새, 그리고 내가 칭찬을 들을 때마다 내 안에서 부유하던 성취감의 냄새가 풍긴다. 공간을 지날 때마다 나를 기쁘게 했던, 황홀케 했던 기억이 나를 간지럽힌다. 얼마 만에 맛보는 행복한 순간이던가. 왜 이걸 잊고 있었는지 궁금하다. 이 공간을 이용하면 지금 나를 괴롭히는 불면증도 고칠 수 있을 텐데.

그러다 왜 이곳을 기억에서 밀어두었는지 바로 알아차린다. 그건 내가 무언가를 인식하기도 전에 냄새로 전달된다. 실패의 냄새. 내가 최초이자 마지막으로 맡았던 그 냄새. 내 인생을 절망으로 밀어 넣었던 그 냄새. 그리하여 내가 이 공간을 완성하기까지 나를 자책하게 만들고 힘들게 했던 그 기억이 생생하게 떠오른다. 다시는 떠오르고 싶지 않아 깊숙이 밀어 넣고 또 밀어 넣었는데. 이곳에서 실패의 기억이 순식간에 살아나자 나는 얼른 그 기억을 억지로 다시 밀어 넣는다. 나는 재빨리 이 공간을 빠져나온다. 분명 이 기억은 내가 이 공간을 만들 때 있었던 것이 아니다. 분명 어디선가 불순물이 들어와 나를 공격하려 더해진 게 확실하다.

8층이 다음 차례였다. 엘리베이터에서 8층을 누른 순간 나는 바로 취소버튼을 선택한다. 그곳은 아니다. 그곳에 갈 수는 없다. 그곳은 지금 폭풍이 지나간 것처럼 망가진 것들이 모인 곳이다. 8층은 실패한 자, 실연당한 자, 사회에서 잊힌 자를 위한 공간이다. 내가 갈 곳은 절대 아니다.

엘리베이터는 내가 무슨 버튼을 잘못 눌렀는지 18층으로 나를 인도한다. 나는 엘리베이터 문이 열림과 동시에 눈을 감는다. 하지만 그 전에 반짝하고 날카로운 빛이 내 눈을 공격한다. '안 돼.' 나는 외마디 비명을 지르고 엘리베이터 문의 닫힘 버튼이 있음직한 곳을 세게 누른다. 문이 닫혔나 실눈을 떴더니 엘리베이터 문은 여전히 열린 상태였고, 나는 여전히 18층에 있다.

거울방. 여기 설치된 거울은 모두 재미있게도 실제 모습을 그대로 보여주는 거울이 아니다. 내 모습을 괴물처럼, 늙은이처럼, 동물처럼 바꾼다. 내 원래의 모습은 이곳에서 찾을 수 없다. 이것이 거울이 부리는 수작임을 뻔히 알고 있는데도, 나는 거울방에서 내 모습을 지켜볼 때마다 괴로웠다. 한때는 거울방에서 엉뚱하게 비치는 모습을 바라보며 얼마나 웃었던가. 그때 이 방의 이름은 거울방이 아니라 웃음방이었다. 나를 항상 웃게 만들었던 이 방을 조만간 없애버리자. 나는 그렇게 결심한다.

나는 재빨리 20층을 누른다. 시끄러운 음악 소리가 먼저 내 고막을 공격한다. 여기는 뭐하는 곳인지 기억이 나지 않는다. 눈살을 찌푸리며 살펴보았더니 트램펄린이 설치된 방이다. 사방 공간에서 트램펄린을 뛰어 좌우상하 어디로든 신나게 뛸 수 있다. 얼른 바깥으로 나가려던 나는 그대로 멈추어 선다. 바로 그 사람이 이곳에서 신나게 놀고 있다. 어린아이처럼 몸을 한껏 하늘로 높이 떠오르면서 함성을 지른다. 나는 그 사람의 해맑은 모습을 흐뭇하게 지켜본다. 그때 그 사람이 나를 발견한다. 그리고 손을 흔든다. 나 역시 한 손을 들어 인사를 한다.

"아니. 이쪽으로 오시라고요."

그 사람이 나를 부른다. 한때 나도 이 놀이기구를 타며 온 갖 묘기를 부리던 때가 있었다. 그런데 지금은 이곳에 오지 않은지 오래 되었다. 그때의 기술이 남아있을지 의심스럽다. 그래도 최소한 저 사람에게 잘 타는 모습을 보여줘야 한다. 나는 고개를 좌우로 저었지만, 그 사람은 상관하지 않고 나를 계속 부른다.

"같이 타요."

나는 머뭇거리다 안으로 들어간다. 그 사람이 나와 함께하 기를 원하니 소원을 들어줘야 한다. 나는 그 사람의 옆으로 가 그곳에 몸을 맡긴다. 아직 예전의 기술이 나오지 않는다. 그냥 내 몸은 위아래로 조금씩 올라갔다 내려왔다 할 뿐이다. 한때 벽에서도, 천장에서도 트램펄린을 타며 소리를 지르던 기억이 새록새록 난다.

한참 신나게 트램펄린을 타던 그 사람이 바깥으로 향한다. 나 역시 곧추서있던 몸을 빼고 내려선다.

"신나는 놀이기구가 여기 숨어 있을 줄은 몰랐네요."

"이걸 천장에서도 탈 수 있어요. 사방에서요."

"맞아요. 아까 당신이 오기 전까지 그렇게 탔는걸요. 천장에서 아래로도 뛰고 벽에서도 뛰고 이런 건 처음이에요. 정말 신나요. 와우!"

그 사람이 이렇게 활기찬 사람일 줄은 몰랐다. 그 사람의 새로운 모습을 확인한다. 나는 가쁜 숨을 몰아쉬는 그 사람에게 시원한 음료수를 주고 싶다.

"아까 여기 어디선가 물이 흐르는 곳도 있던걸요. 그곳에서 시원하게 쉬고 싶네요."

그 사람이 말한 곳은 아마 89층이리라. 내가 한창 자연에 빠져 있을 때 만들었던 곳. 그곳에 가면 물이 흐르고 나무가 자란다. 꽃이 피고 열매가 맺히고 풀내음이 난다. 그곳에서 물소리를 들으며 마음의 안정을 찾았던 행복했던 과거가 떠올라 흐뭇해진다. 그러나 그곳에 벌레가 나타나기 시작한 후, 나는 발길을 끊었다. 무섭도록 세를 불리던 자연의 힘이 내가 손길을 주지 않은 그 동안 어떻게 변했을지 궁금하다.

그 사람에게 음료수를 줘야 한다. 그것이 이곳을 방문한 손님에 대한 예의이리라. 분명 100층에도 음료수가 있지만,

그 사람이 음료수와 간식거리로 가득 찬 31층을 보여주고 싶다. 혹시 몸매 때문에 음식섭취에 꽤 신경을 쓸지도 모른다는 생각이 들어 망설여진다. 생각이 너무 많은 것이 탈이다.

"제가 더 멋진 곳으로 모시죠. 함께 가세요."

그 사람은 아쉬운 표정으로 나를 따라 엘리베이터에 오른다. 100층! 그냥 다른 것 신경 쓰지 않고 가장 완벽한 공간을 보여주자. 이 사람은 내가 마련한 공간에 반할 것이다. 그곳이 마음에 들어 평생 지내고 싶어 하리라. 혼자 많은 시간을 그곳에서 보냈지만 이 사람과 함께라면 둘도 괜찮을 것이다.

100층으로 오른다. 내 예상처럼 이 사람은 들어서자마자 감탄사를 연발한다. 역시나 가장 먼저 책꽂이에 꽂힌 책을 열심히 살펴본다.

"여기는 서재인가요?"

"서재이기도 하고 모든 생활을 하는 곳이기도 하죠."

100층에서 가장 중요한 요소가 책이다. 사방 넓은 벽에 설치된 책꽂이에 잔뜩 꽂힌 책. 그리고 책을 읽을 수 있는 편한 소파 여럿. 몸을 따뜻하게 해줄 벽난로에서는 장작이 타닥타닥 소리를 내며 몸과 마음을 편하게 만든다. 따뜻한 차와 담요도 있다. 내가 주로 앉아 있는 벽난로 앞 흔들의자에는 내가 읽다 만 책이 놓여 있다. 이 사람은 한참 뛰었기에 분명 더울 것이다.

"냉장고에 음료수가 있어요."

"네. 고맙습니다."

그 사람은 여전히 책에서 눈을 떼지 못한다. 책꽂이를 쭉 돌아다니며 책등을 한손으로 쭉 훑어 내려간다.

"책을 이렇게 많이 모으려면 힘들었겠는걸요."

내가 어릴 때 읽고 감동받았던 책부터 지금까지 좋아하는 책이 쭉 꽂혔다. 물론 아직 읽지 못한 책도 많다. 그럼에도 책꽂이에 꽂힌 책은 내가 그동안 쌓은 지성을 보여준다.

"한참을 뛰었더니 피곤하네요."

그 사람은 푹신한 소파에 앉는다. 소파는 내 정면에서 뒤돌아있다. 그 사람이 소파에 앉자 그 사람의 뒤통수만 소파 뒤로 삐죽 보인다.

"여기는 어디죠?"

갑자기 그 사람이 소파에서 얼굴을 뒤로 빼 나를 바라보며 묻는다. 전혀 예상치 못한 그 사람의 질문에 나는 뭐라 대답

할지 망설인다.

"여기에 사람이 당신뿐인 것을 보면 당신의 공간인 것은 확실해요. 그런데 이곳은 뭐죠?"

여기는 어디냐는 질문과 이곳은 뭐냐는 질문은 묘하게 다르다. 나는 어느 질문에 대답해야 할지 고민됐지만, 그것이 중요하랴. 그 사람의 의문은 어쨌건 이 공간의 비밀을 밝혀주면 끝나는 일이다.

"이곳은 저만의 공간 맞습니다. 총 100층으로 구성된 곳이죠."

"100층요? 어쩐지. 꽤나 높다 했어요. 그럼 각 층마다 뭔가 다른 아이디어로 구성됐나 봐요."

그 사람은 이곳이 누군가의 계획 하에 한 번에 지은 것이라 오해하고 있다. 그 오해를 고쳐주고 싶지만 그러자면 시간이 많이 걸릴 것이다.

"혼자 지내면 관리하기 불편하지 않아요? 아니면 내가 못 봤어도 관리하는 사람들은 따로 있어요?"

"이곳만 관리하면 되는걸요. 아래층은 모두 그냥 두고 있어요."

"그냥요? 청소해야 하지 않나요? 관리할 것도 많고. 썩기도 하고 벌레도 생길 텐데."

아직 이 사람은 이 공간을 완벽하게 만들기 위해 내가 얼마나 고생했는지 모른다. 물론 작은 문제가 있지만, 그래도 이곳은 나에게 완벽하다. 청소를 하지 않아도 관리해주지 않아도 내가 원하던 그대로의 모습을 유지하고 있다.

"그럴 필요는 없습니다."

"생각해보니 그럴 것도 같네요. 제가 사는 곳과는 다를 테니까요."

그 사람은 이제 무언가를 마시고 있다. 턱을 살짝 치켜세운 모습이 더없이 완벽하다. 지금 내 세상에 적합한 사람임을 다시 한 번 확인한다.

"그런데 좀 심심하지 않아요?"

그 사람은 어느새 일어서 창밖을 바라본다. 아차차. 창밖 풍경이 그다지 아름답지 않다고 미리 경고를 해두었어야 했다. 아니 애초에 두꺼운 커튼을 쳐 유리창을 가려야 했다. 이미 늦었다.

"밖은 그냥……. 아무 것도 없죠."

"그러기에는 무언가가 있긴 있네요. 잘 보이지는 않지만."

그 사람을 따라 창밖을 보다 무언가를 본다. 괴물이다. 괴물이 저 밖을 떠다니고 있다. 아직 그 사람은 괴물의 정체를 모른다. 완벽한 이곳을 벗어나면 괴물이 공격해온다는 사실을 알려야 한다. 괴물이라는 존재가 이곳의 불안함을 증가시킨다는 사실이 마음에 들지 않는다. 갑자기 땀이 흐른다.

묵묵히 창밖을 바라보는 그 사람의 모습이 불안하다. 얼른 이곳으로 눈을 돌리라고 소리를 지르고 싶다. 밖은 혼란 그 자체다. 완벽한 이곳에서 일상의 평온함을 누리면 된다. 바깥 괴물의 존재 따위는 잊으면 된다.

"심심해! 이곳에만 있으면 심심하지 않아요? 아차. 100층까지 있으니 다른 곳으로 가도 되겠군요."

심심하다고? 나는 창문 앞에 선 그 사람이 마치 낯선 인물로 바뀐 것처럼 느껴진다. 이곳이 심심하다니? 만약 이곳이 종교라면 그만한 불경죄는 없을 것이다. 내가 가진 모든 것을 쏟아 부은 완벽한 이곳에 만족하지 못하다니 이해할 수 없다. 나는 주변을 둘러본다. 책이 가득한 안락한 분위기. 여기서 더 무엇이 필요하랴? 그러나 그 사람은 이곳에 만족하지 못한다.

창문을 바라보던 그 사람의 눈길이 나에게로 향한다. 나는 움찔 놀란다.

"혹시 100층 매뉴얼은 없어요? 마음에 드는 데로 가보게. 아무리 100층이 있어도 다른 사람이 없으니 뭔가 이상하네."

나는 각 층의 모습을 볼 수 있는 시스템 화면을 슬쩍 바라본다. 그것을 알려준다면 이 사람은 내가 애써 외면하는 다른 공간을 속속들이 볼 수 있다. 그렇다면 이 사람의 심심함은 조금 사라질 것이다. 그 사람이 모든 공간을 즐긴다면 나 역시 다시 그곳을 즐겨 찾게 될지도 모른다.

"저는 다른 곳에 놀러가요."

그 사람이 이곳을 떠나려 한다. 나는 그 사람을 어떻게 막을지 고민한다. 아니 이 사람이 100층에 만족 못한다면 다른 층에서 즐거움을 찾기를 바라야 할지도 모른다. 5층, 33층, 혹은 75층? 층은 아주 많고 그 가운데 이 사람의 취향에 맞는 곳이 분명 있을 것이다. 나는 다시 이 공간을 바라본다. 이곳이 저 사람에게도 완벽하리라 믿었는데. 나는 그 사람을 붙잡지 않고 보내려 한다. 그 사람을 엘리베이터로 안내하려고 발

걸음을 떼는 순간, 나는 깜짝 놀란다. 그 사람의 몸이 아래로, 바닥으로 가라앉고 있다. 이미 몸의 하반신은 바닥을 통과했고 지금 이곳에서는 배의 위쪽 부분만 남았다.

"안녕히 계세요. 저는 다른 곳 보고 있을게요. 같이 안 가실 거죠?"

"지금 이게 무슨 일인가요?"

나는 아래로 가라앉고 있는, 아니 바닥으로 흡수되고 있는 그 사람을 끌어올리려 그 사람의 손을 잡고 힘을 준다. 하지만 그 사람은 손을 뿌리친다.

"아니에요. 지금 아래로 내려가 볼게요."

괴물이다. 지금 이 사람이 이상증세를 보이는 것은 괴물이 어떤 저주를 걸어서다. 이 사람이 이 공간으로 들어왔을 때 울타리가 그다지 손상되지 않았다고 생각했지만 그건 내 착각이었다. 분명 그 공간으로 괴물이 들어왔고, 괴물은 이곳에서 무언가 이상한 짓을 벌이고 있다. 내가 평생을 걸려 만든 이 완벽한 공간이 파괴되고 있다.

"붙잡지 마세요. 지금 99층으로 내려가고 있다고요."

나는 깜짝 놀라 팔을 놓았다. 바닥 벽을 통해 아래로 내려간다니. 그런 말도 안 되는 일이 일어날 수는 없다. 그 사람은 마법이라도 부리는 것처럼 천천히 사라진다.

"우와 재미있네요. 누가 이런 걸 현실에서 해볼 수 있겠어요. 실제로 내가 벽을 통과하는 것처럼 실감나네요. 생생하고 신기한 꿈같아요. 신나라."

그 사람은 엄청난 환호성을 지르며 바닥으로 사라진다. 그 사람이 가라앉은 바닥은 다시 원래 모습을 찾는다. 나는 그 자리를 몇 번이고 만져보지만 아무런 차이가 느껴지지 않는다. 그 사람은 이것을 꿈이라고 한다. 말도 안 된다. 이게 꿈이라니. 이 공간의 주인인 내가 만든 이 현실을 그 사람은 꿈이라고 착각하고 있다.

나는 급히 엘리베이터를 타고 99층으로 내려간다. 한때 이곳은 고급스런 인테리어를 한 방과 거실, 부엌 등이 딸린 곳이다. 물론 지금도 여전히 그때 마련한 시설이 남았지만, 왠지 모를 냉기가 느껴진다. 나는 한때 이곳에 곁들인 추억이 생각나 씁쓸해진다. 이곳에서 평범한 생활을 꾸리리라 생각했었다. 얼마 되지 않은 과거 기억이 자꾸 나를 아프게 한다. 나는 잠시 생각에 잠기다 그 사람을 찾아 나선다. 고급 가구와 미술품, 소품들이 가지런히 배열된 침실과 거실, 부엌을 둘러본다. 그 사람이 보이지 않는다. 혹시 그 사람이 다시 아래로 갔을까 싶어 바닥을 노려보지만 그건 모르겠다. 아니 괴물의 계략에 빠져 어딘가 다른 세계로 빠진 것이 틀림없다. 괴물이 그 사람을 홀린 게 분명하다. 나는 주먹을 꽉 쥔다. 그때 바깥에서 이상한 소리가 들린다. 창문으로 뛰어간다. 100층과 달리 이곳 99층 창문은 작다. 제대로 열리지 않는 창문을 억지로 열어보니, 그 사람이 빨간 풍선을 타고 날고 있다. 역시 100층에서 사라졌을 때처럼 과한 환호성을 지르면서.

"내 마음대로 뭐든 할 수 있다니. 정말 멋지네요. 이런 꿈 같은 곳에서 사니 얼마나 신나요?"

그 사람은 나를 발견하고 한손을 흔든다. 내 입에서 쓴맛이 느껴진다. 이게 무슨 상황인지 혼란스럽다.

"이런 세상을 직접 프로그래밍 해 만들다니 정말 똑똑하신 분이군요. 현실과 벗어난 환상의 공간이라. 그것도 현실성이 제대로 구현되어 있어 정말 실제처럼 느껴져요. 고생 많이 하셨겠어요. 저도 가끔 심심하면 여기에 놀러와 신나게 놀고 싶어요. 링크하신 그 주소로 계속 놀러 와도 되죠?"

나는 그 사람을 이곳에 완벽한 사람이라 생각했다. 고심 끝에 그 사람을 골랐지만, 이건 완전한 착각이다. 그 사람은 이제 이곳을 파괴하려고 한다. 아니 혹시 괴물이 그 사람처럼 꾸미고 이곳으로 침입한 것이 아닐까 하는 의심이 생긴다. 갑자기 내 몸에 두려움이 엄습한다. 이건 말도 안 된다. 내가 얼마나 오랫동안 이 공간을 꾸미기 위해 노력했던가. 100층까지 세우고 굳건한 울타리를 쳐 나만의 완벽한 공간을 만들었다. 이제 이곳에 다른 누군가를, 그러니까 나에게 완벽한 누군가를 초대하려고 했는데, 이런 엉뚱한 사람이 등장하다니. 이럴 때가 아니다. 그 사람을 당장 쫓아내야 한다.

어떡하지? 그때 갑자기 다트 총이 생각난다. 제법 총 끝이 뾰족하여 위험하다 싶어 어딘가에 숨겨두었다. 나는 벽 한쪽에 다트가 매달린 곳 주변의 수납함을 샅샅이 뒤진다. 찾았다. 그곳에는 다트 총이 있다. 나는 다트 총을 꺼내 총 끝을 다시 살짝 더듬는다. 뾰족하다. 그 사람이 타고 있는 풍선을 터뜨리기에는 충분하다. 이곳에서 살인을 벌어지리라고는, 그것도 내가 직접 저지르리라고는 전혀 상상도 못했지만 어쩔 수 없다. 이곳을 지켜야 한다. 나는 다트 총을 들고 창문으로 간다. 그 사람이 보이지 않는다. 하지만 그 사람의 목소리가 들린다. 나는 다른 창문으로 가 문을 열어 다트 총을 겨냥한다. 몇 번 빗나가긴 했지만 '펑' 소리와 함께 풍선이 터진다. 내가 이겼다.

내가 다트 총을 든 모습을 보고 의아해하던 그 사람은 환하게 웃는다. 내가 자신을 공격한다는 사실을 알고도 태연하다. 풍선이 터지자 그 사람이 아래로 떨어진다. '으아아.' 그 사람의 비명이 들린다. 잠시 등골이 오싹했지만 곧 안도의 한숨이 나온다. 이제 바닥으로 내려가 그 사람의 시체를 울타리 밖으로 치워버리자. 그 사람은 괴물의 몫이 되겠지.

엘리베이터 쪽으로 터벅터벅 걷는데 이상한 소리가 들린다. 창문 밖에서 그 사람이 목이 기다란 공룡을 타고 날고 있다. 창밖으로 그 사람을 바라보는 나를 향해 그 사람은 다시 손을 흔든다.

"정말 무엇이든 상상하면 다 돼요. 프로그램을 짜는데 시간은 얼마나 걸렸는지, 어떤 알고리즘인지 궁금해요. 이런 게 세상에 알려지면 당신은 현실에서 엄청난 부자가 될 거예요. 이런 프로그램 속 세상에 숨어 있을 필요는 없을 텐데, 안 그래요? 링크를 세상에 알리는 건 제가 할게요. 세상 사람들을 모두 여기에 초대해요. 이것 보세요. 제가 공룡을 타고 날거란 걸 누가 상상이나 했겠어요? 이런 꿈이라면 정말 매일 꾸어도 신나겠네요. 우와핫! 하늘 끝까지 날아가자."

그 사람과 목이 긴 공룡은 하늘 위로 날아간다. 나는 그대로 바닥에 털썩 주저앉는다. 이게 말이 되나. 그 사람은 현실의 법칙에 구애받지 않는다. 어떻게 그럴 수 있지?

한참 망연자실해 있다가 나는 정신을 차린다. 이럴 때가 아니다. 이러다가는 이곳이 모두 망가진다. 이곳에 공룡이라니. 그것도 목이 긴 날아다니는 공룡이라니. 말도 안 된다. 이 모든 건 저 사람 때문이다. 저 사람을 없애버리자. 아니 얼른 바깥으로 보내버리자. 그리고 이곳을 다시 예전처럼 평안한 곳으로 바꾸자 나는 굳게 결심한다.

엘리베이터에서 나는 1층을 선택한다. 엘리베이터가 내려가는 동안 피곤이 내 몸을 잠식했다는 사실을 깨닫는다. 말도 안 되는 상황이 나를 한계까지 밀어붙인 결과다. 얼른 해결하고 빨리 본래 모습으로 돌아가자. 나는 1층에서 100층까지 높게 뻗은 내 공간을 올려다본다. 지금 이럴 때가 아니다. 막무가내로 행동하는 저 사람을 어떻게 쫓아낼지 고민이다. 지금 저 사람은 보이지 않는 곳에서 공룡을 타면서 놀고 있다. 얼른 아래로 끌어내려 울타리 밖으로 쫓아내야 한다.

내가 저 사람을 왜 이곳에 어울리는 완벽한 사람이라고 착각했는지 의아하다. 말도 안 된다. 이런 어이없는 일이 벌어지다니. 사랑이 모든 문제를 망치는 법임을 잘 알면서도 이번에도 큰 실수를 저질렀다. 다시는 이곳에 어느 누구도 들이지 말아야 한다. 이곳은 나만의 천국이자 휴식처다. 빨리 더 문제가 커지기 전에 해결해야 한다. 저 사람을 쫓아내든 죽이든 모든 수단을 써야 한다.

하늘을 쳐다보며 근심에 빠진 사이, 다행스럽게도 그 사람이 하늘에서 내려온다. 이번에는 빗자루를 타고 있다. 바닥에 내려앉은 그 사람은 어느새 피에로 분장을 하고 있다. 그 모습이 괴기하다.

"하늘을 나는 게 이렇게 신나는 일인 줄은 몰랐네요. 이런 세상에서 살고 있다니 매일 재미있겠어요. 저도 훌륭한 프로그래머였다면 이런 세상을 진즉에 창조할 수 있었겠지요. 이제 저도 이번에는 괴물처럼 변신할래요."

나는 행복한 표정으로 주변을 둘러보는 그 사람을 울타리 쪽으로 밀어낸다.

"이번에는 뭔가요?"

울타리가 젤리처럼 탄성을 보이자 그 사람이 다시 신나한다. 얼마든지 신나하시라지. 이것도 이제 끝이다. 그 사람을 울타리로 더 세게 밀어야 한다. 그래야 울타리 안으로 들어가고 울타리가 그 사람을 이물질로 알아채고 울타리 밖으로 뱉어낼 것이다. 내가 계속 아무런 말없이 그 사람을 밀어내자, 그 사람 얼굴에서 미소가 사라진다.

"아하. 이제는 뭔가 무서운 일이 시작되는 모양이죠. 그럼 한번 해봐요."

그 사람의 말투에는 여전히 호기심이 가득하다. 당신에게는 재미있는 일일지 모르나 이건 내 평생의 소망이 담긴 일이라고, 속으로 투덜대며 그 사람을 더 강하게 밀어낸다. 하지만 힘이 부친다. 게다가 그 사람은 이걸 무슨 장난이라고 생각했는지 도리어 나를 밀어낸다. 순식간에 내가 울타리 안으로 파묻힐 뻔했다. 나는 이제 화가 머리끝까지 솟구친다. 좋게 해결하려 했는데 더 이상 아니다. 나는 벌게진 얼굴로 그 사람을 강하게 밀어붙인다.

"당신은 이곳에 어울리지 않으니 이제 떠나주시죠. 당신이
이곳을 망치고 있어요."

"잠깐만요. 그렇게 함부로 밀지 말라고요. 이곳의 주인이
당신이고 당신이 내가 떠나기를 원하니 떠나겠지만 이유는
들어봐야죠."

"당신은 이곳에 어울리지 않아요. 그게 이유죠."

"왜죠? 당신보다 제가 이곳을 더 즐기잖아요."

"그게 이유입니다. 이곳은 당신이 놀 공간이 아니에요. 이
곳은 내가 평생에 걸쳐 만들어온 완벽한 나만의 공간이라고
요. 당신이 이곳에 있으면 이곳이 망가질 뿐이죠. 얼른 이곳
에서 사라져주시죠."

"내가 이곳에서 즐겁게 노는 게 샘나서 그러는 거군요. 그
럼 떠나드리죠. 그게 뭐 어려운 일이라고. 그럼 늙다리 괴물
씨 안녕히 계세요. 저는 이곳으로 사라지죠. 안녕."

그 사람은 끝까지 무례하다. 도대체 예의라고는 하나도 없
는 사람이다. 그 사람의 몸은 울타리 안으로 파고들어가 점점
사라진다. 투명한 울타리는 그 사람을 소화시키려는 듯 꿈틀

거린다. 그리고 잠시 뒤 아무 일도 없었다는 듯, 울타리는 다시 잠잠해진다. 아니 굳건하게 밖과 이곳을 가르는 역할을 수행한다. 갑자기 뒤쪽에서 이상한 소리가 들린 듯해 뒤를 바라보지만, 아무 것도 눈에 띄지 않는다. 나는 빌딩으로 들어선다. 할 일이 많다. 그 사람이 엉망진창으로 만들어놓은 이곳을 다시 예전처럼 되살려야 한다. 완벽한 나만의 세상으로.

엘리베이터로 들어선다. 갑자기 나는 엘리베이터 한쪽 면에 거울이 달렸다는 사실을 알고 깜짝 놀란다. 그동안 완전히 잊고 있었던, 아니 내심 무시하고 있었던 저 거울. 거울은 빈 엘리베이터를 비추고 있다. 아니 그 안에 내가 아닌 이상한 존재가 서 있다. 그 사람이 말했던 대로 늙은 괴물의 모습이 비춘다. 이상한 거울은 모두 거울방에 모아두었다고 생각했는데, 여기에 남아있을 줄이야. 나는 이것도 모두 거울방으로 보내야겠다고 생각한다. 할 일 목록을 잊지 말자.

그보다 먼저 좀 쉬어야한다. 왜 이리 피곤한지 모른다. 이 공간을 만들면서도 피곤한 줄 몰랐던 때가 떠오른다. 그때는 나만의 공간을 만드는 것이 내 유일한 목표이자 행복이었다.

100층으로 올라와 벽난로 앞 의자에 앉는다. 따뜻한 열기가 느껴지자 몸이 노곤해진다. 나도 모르게 깜빡 잠이 들었던 모양이다. 지금은 이곳을 다시 원래래도 돌보는 일에 매진해야 하는데 잠이나 자다니. 나는 자리에서 일어나지만 여전히 피곤이 가시지 않는다.

그러다 무언가 이상한 느낌이 든다. 이건 내가 가장 피하고 싶었던 최악의 상황이 닥친 것이다. 괴물이 있다. 나는 다시 급하게 1층으로 내려가 울타리 안을 살핀다. 다행히 아무것도 보이지 않는다. 아니다. 분명 괴물이 있다. 한 마리가 아니다. 서너 마리는 됨직하다. 지금 당장은 이곳을 원래대로 돌려놓는 것보다 괴물을 울타리 밖으로 밀어내는 것이 급선무다. 나는 엘리베이터로 다가간다. 그러자 두려움이 갑자기 심해진다. 괴물을 잘 밀어낼 수 있을까 걱정된다. 그 사람을 울타리 쪽으로 밀어냈던 아까 기억이 떠오른다.

나는 더 이상 예전만큼 사람을 잘 밀어내지 못한다. 그 사람이 울타리로 나가려는 의지가 있었기에 내가 밀어낼 수 있었다. 만약 그 사람이 이곳에서 빠져나가지 않으려고 생각했다면, 그리하여 이곳을 자신이 차지하려했다면 울타리로 그 사람을 몰아내는 일은 꽤 어려웠을 것이다. 아니 도리어 내가 쫓겨났을지도 모른다. 내가 평생의 노력을 다해 만든 이 천국을 빼앗기고 울타리 밖 괴물들의 무리 속에 던져졌을 수도 있다. 나는 이번에는 울타리 밖으로 괴물을 몰아내기가 퍽 힘들 것이라 생각한다. 하지만 어쩔 수 없다. 이곳의 평화를 위해서는 해야 할 일이다. 나는 온힘을 다해 괴물을 몰아내기로 굳게 결심한다. 괴물을 다 몰아냈다면 나는 다시 세상을 만들어야 한다. 그 후 101층을 만드는 데 온 공을 들이기 시작할 것이다. 이번에는 인공지능과 머신러닝을 이용해 101층을 만들자. 그곳에서 100층까지의 악몽을 잊고 다시 시작하는 것이다. 나는 나만의 새로운 공간을 어떻게 꾸밀지 상상한다. 먼저 저 괴물을 없애자. 나만의 천국을 망가뜨릴 저 괴물들을 모두 없애는 거다. 그 사람에게 보낸 초대장도 모두 없애버리자. 다행스럽게도 나는 이 세상의 버그를 찾아 없애는 데 최상의 재능을 갖고 있다.

나 의   빌 라

나는 따뜻하면서도 차갑고 부드러우면서도 딱딱한 무언가를 쓰다듬으며 '엄마.'라고 불러보았다. 인간이 아닌 이것을 엄마라고 부르다니, 순간 내 마음속에서 이상하다는 생각이 들었지만 스르르 사라졌다. 이건 엄마다. 내 엄마. '엄마.' 나는 다시 속삭이듯 엄마를 불렀다.

그때 그들이 나타났다. 방해꾼. 엄마와 나 사이를 가로막는 악의 무리. 그들의 모습이 얼핏 홍영감과 가덕댁, 길선네를 닮은 건 내 착각일까. 엄마와 나 사이를 비집고 들어오는 그들을 막아보려 애쓰지만, 내 몸은 제대로 움직이지 않았다. 목소리도 나오지 않았다. 꽉 막힌 목에서 겨우 '엄마.'라고 쥐어짜내지만 그 소리는 내 입 근처에서만 머물다 사라졌다.

다시 한 번 '엄마.'라고 부르려다 잠에서 깼다. 꿈이다. 엄마를 만나는 꿈. 내 꿈에서조차 나는 엄마의 얼굴은 절대로 볼 수 없다. 갑자기 눈물이 내 눈이 아니라 몸 속 어딘가에서 한 방울 툭 흘러내렸다. 깊은 슬픔과 외로움이 내 가슴을 헤집어놓았다. 이곳은 내 방이다. 어두운 방구석에는 친숙한 곰팡내가 번졌다. 바깥은 여전히 차갑고 어두웠다.

나는 왼쪽 귀를 아래로 향하고 가만히 누웠다. 눅눅한 이불과 누런 때가 낀 베개 아래로, 아래로 내려가면 엄마의 숨소리가 들리지 않을까. 멀리 개 짖는 소리와 자동차 소리가 들렸다. 엄마의 흔적은 새벽 공기 사이로 어디론가 사라졌다. 다시 한 번 엄마의 목소리를 들을 수 있다면 얼마나 행복할까.

설핏 잠이 들었을까, '재깍재깍' 시계 초침 소리에 눈을 떴다. 어느새 가로등 불빛은 꺼졌고 바깥 골목은 환했다. 나는 벌떡 일어났다. 아직 잠과 피곤에서 헤어나지 못한 내 몸은 급한 내 마음과 달리 굼떴다. 대충 세수를 하고 어제 벗어두었던 옷을 입었다. 그러면서도 괜스레 씁쓸했다. 지금 당장 학교나 회사를 가야 하는 것도 아닌데, 이게 무슨 난리인가 싶었다. 잠시 방안에서 바깥 분위기를 살폈다. 등교, 출근 시간이 지난 지금 골목은 조용했다. 하지만 모를 일이다. 언제 어디서 홍영감이 나타날지 모른다.

원래부터 다정다감한 성격은 아니었지만, 홍영감이 마주쳐서는 안 될 사람으로 변한 시기는 얼마 전부터였다. 홍영감은 나만 보면 혀를 끌끌 차며 얼른 살 곳을 찾아야 한다고 잔소리를 늘어놓았다. 그럴 때마다 다른 이들은 그게 어디 쉽냐며 나를 두둔해주었지만, 그런다고 홍영감의 한소리가 줄어들지는 않았다.

다행이다. 지금 이 빌라에 홍영감의 흔적이 느껴지지 않았다. 삐걱거리는 문을 열고 어두운 계단을 올라 빌라를 나섰다. 주차된 차를 지나다 나는 뒤돌아 집을 바라보았다. 이제는 세월의 때가 묻어 색이 바랜 빨간 벽돌 2층 빌라에는 모두 여섯 가구가 있다. 현관문 앞바닥은 무너져 콘크리트 부스러기가 나뒹굴었고 빌라 옆 낮은 담도 거의 무너졌다. 비록 오래되고 낡은 집이지만, 그래도 내 어린 시절의 전부를 담은 공간이었다. 이제 이곳을 떠나야 한다니 마음이 울적했다.

빌라 앞 작은 놀이터에는 어느새 플래카드가 덕지덕지 더 달라붙었다. 내가 살고 있는 이 지역은 재건축이 예정되어 있다. 간혹 동네 사람 서넛이 모여 아파트니 개발이니 뭐니 하는 이야기를 했지만, 나와는 다른 세상 속 사건이라 여겼다. 시간이 지나자 재건축추진위원회가 설립되었고 주민총회와 조합설립창립총회가 열렸다. 어느새 이 지역에 주택재건축정비사업이 기정사실이 되었다. 나는 이 모든 것을 골목에 내걸린 플래카드를 보고 알게 되었다.

시간이 흐르면서 사업시행인가가 나고 시공사선정총회가 열린다는 플래카드가 내걸렸다. 어쨌건 재건축은 착착 진행 중인 모양이었다. 아직 나이도 어린 내가 신경 쓸 일도 아닐뿐더러, 나나 길선네처럼 세를 얻어 사는 사람들은 어차피 재건축과는 상관없었다. 이곳에 있는 낡은 빌라와 주택들이 모두 허물어져 아파트가 들어선대도 내가 갈 곳은 없다.

물론 재건축이 확정되고 사람들이 이주하고 철거되기까지 많은 시간이 걸릴 것이다. 하지만 지금 내가 사는 곳, 내 기억 속 유일한 집은 사라진다. 그러자 엄마가 떠올랐다. 빌라 지하에 있는 엄마는 어째야 하나. 재건축이 결정되면서 빌라 사람들은 엄마 걱정에 이만저만이 아니었다. 내가 어릴 때부터 나와 우리 엄마를 돌봐준 사람들이건만, 재건축의 거센 풍랑에서 엄마와 나를 구할 수는 없다. 그리고 이제 나는 홍영감의 주장대로 내가 살 곳을 찾아야 하는 처지였다.

아무 것도 가진 게 없는 내가 집을 구하느라 마음이 답답해질 때면 나는 엄마가 떠올랐다. 나를 낳기 전의 엄마와 이 낡은 빌라를 찾아 엄마만의 공간을 꾸리고 나를 낳은 엄마. 다행스럽게도 빌라에 살던 사람들은 엄마의 처지를 이해하고 엄마를 대신해 나를 돌보았다. 아쉽고 부족한 것이 많았지만 나도 이제 이런 공간을 찾아야 한다. 흙과 가깝고 돌봐줄 사람이 있는 곳. 그러다 내가 엄마처럼 아이를 낳는다면 내가 보살핌을 받았던 것처럼 누군가가 내 아이를 돌봐주어야 할 것이다. 최소한 그 아이가 나처럼 나이가 들어 자신만의 공간을 찾을 때까지.

서울 변두리라지만 이곳 집값은 내가 엄두도 내지 못할 엄청났다. 나에게 필요한 공간은 어둡고 습기가 많은 반지하로, 햇빛이 들지 않고 곰팡이 냄새가 진할수록 더욱 좋다. 당연히 이런 공간은 다른 곳보다 저렴하지만, 내 처지에서는 여전히 부담스럽다. 홍영감이나 가덕댁 같은 사람들이 조금은 도와준다지만 그래봤자 그 금액이 그리 크지는 않을 것이다.

엄마가 처음 이 빌라를 구했을 때 엄마는 최소한 내가 편하게 살 안전한 장소를 마련했다고 생각했겠지. 재건축이 결정되면서 내가 빌라에서 쫓겨나게 될 줄 엄마는 예상도 못했으리라. 이대로 재건축이 되고 빌라가 철거되면 엄마는 그대로 사라질까. 그러니까 사람들처럼 죽음을 맞이하는 것일까. 나는 커다란 포클레인이 엄마의 몸을 파내는 것을 상상하고 말았다. 갈색으로 뻣뻣하게 굳은 엄마의 몸이 낯선 사람들의 손에 파헤쳐지는 것을 떠올리면 가슴이 아파온다.

나는 다시 길 건너 주변 동네를 돌아보기로 했다. 아무래도 내가 살았던 곳 근처에서 계속 살고 싶었다. 얼마 되지 않은 평생을 살아온 이곳을 떠나 새로운 곳에서 시작하고 싶지 않았다. 어쨌거나 이곳은 내 고향이니까. 언제까지가 될지 모르겠지만 엄마의 흔적과 더 가까이 붙어있고 싶기도 했다.

어제도 부동산을 둘러보았지만 아직 가보지 않은 곳을 찾아가볼 생각이었다. 내 눈에는 곳곳에 낡은 빌라를 허물고 필로티 구조의 주택을 짓는 모습만 들어왔다. 지금까지는 전혀 신경 쓰지 않았던 장면이었는데, 반지하니 지하니 하는 공간이 사라진 이런 곳은 그 자체로 나를 거부하는 듯 보였다. 물론 지금 내가 살고 있는 곳처럼 낡고 오래된 빌라도 많았다. 깨진 유리창에 투명테이프를 붙여두고 생활하는 집을 보았을 때는 반가웠다. 친숙하고 반가운 분위기, 이런 곳의 반지하라면 내가 살 곳으로 적당할 것이다.

그런 한편으로 불안했다. 설령 마땅한 장소를 찾는다 해도 어느 순간 재건축의 열풍에 휩싸이는 것은 아닌가 하는. 엄마가 구한 장소는 다행스럽게도 내가 어느 정도 자랄 때까지는 버틸 수 있었다. 하지만 내가 제대로 적응하기도 전에 쫓겨난다면 나는 어디로 가지도 못하고 그대로 주저앉고 말 것이다. 물론 내 몸은 어디론가 이동하기에는 힘든 상태가 되어 있겠지. 누구도 내가 한때 그들과 똑같은 몸을 한 사람처럼 보였다는 것도 믿기 힘들 정도로 말이다.

내 기억 속 엄마의 피부는 아직 따뜻하고 부드러웠다. 엄마를 만지며 그 곁에서 많은 시간을 보내다 나는 홍영감을 위시한 빌라 사람들에게 끌려나와 다른 반지하 방을 차지하게 되었다. 그들이 나에게 먹을 것과 입을 것을 챙겨주고 학교에 보내 글과 숫자 읽는 법을 배우게 했고 사람들에게 인사하는 법을 가르쳤다. 인간의 아이라면 응당 익혀야 할 기본을 말이다.

간혹 나의 존재에 대해 의혹을 갖는 사람들에게 그들이 방패막이 되어 주었다. 부모 없이 아이 혼자는 자라는 게 아니라고 큰소리치고 항변하면서. 하지만 이런 방패막이 내 성장까지 가로막지는 못했다. 나는 어느새 점점 자랐고 이제 엄마처럼 나만의 공간을 찾아야 할 시기를 맞이했다. 어쩌면 내가 사는 곳이 재건축된다는 불길한 소식이 나의 변화를 촉진했는지도 모른다는 생각이 들었다.

누구도 나에게 내가 누구인지, 엄마는 어디에서 왔는지 말해주지 않았다. 가끔 밤에 자장가처럼 엄마의 목소리가 들려왔다. 그 소리에는 우리 존재에 대한 비밀이 숨어 있었다. 그것이 정말 엄마의 목소리였는지, 아니면 내 안에 숨은 본능이 나를 이끄는 건지도 나는 알지 못했다. 우리가 어디에서 유래했는지 과연 누가 알 수 있을까. 엄마라면 알고 있었을까. 아니, 내 생각에는 엄마도 알지 못했으리라. 단지 엄마는 어둡고 축축한 곳을 찾아 정착을 하고 그곳에서 나를 낳아야 한다는 생각밖에 없었으리라.

엄마가 전해준 노래를 닮은 이야기에 따르면 우리가 어릴 때는 사람과 비슷한 존재로 커가지만, 인간의 사춘기에 이르

렀을 때는 땅으로 돌아가 나무처럼 한 곳에 정착해 살게 된다. 진한 갈색의 뻣뻣한 피부가 흡사 오래된 나무껍질처럼 보일만하게 변신한 상태로 말이다. 굵은 뿌리처럼 흙 내음을 향해 나아가다 엄마가 그랬던 것처럼 인간을 닮은 아이를 낳아 역사를 이어간다.

나는 갑자기 매미가 떠올랐다. 땅속에서 애벌레 상태로 몇 년 길게는 몇 십 년을 넘게 살다 땅위로 올라와 며칠간 치열하게 울다 사라지는 존재들. 재건축이 된다면 그 전에 땅속으로 숨어들었던 매미들은 어떻게 될지 매미의 생애가 걱정되었다. 엄마처럼 그들도 파헤쳐진 채 죽음을 맞이할지 아니면 땅속에서 살다 위로 나갈 공간을 찾지 못해 우왕좌왕하고 당황할지 누구도 알지 못할 것이다.

엄마는 지금 무엇을 생각하는지 묻고 싶었다. 동네에서 어떤 일이 벌어지는지, 자신이 몇 년 안에 죽을지도 모르고 내가 살 곳을 구하지 못해 안달한다는 사실을 알고 있을까. 나는 갑자기 엄마가 원망스러웠다. 나를 인간이 아닌 존재로 낳았다면 제대로 돌보기라도 했어야지. 나는 갑자기 울컥 눈물이 쏟아질 것 같아 도로에 멈춰 눈덩이를 손가락으로 꾹 눌렀다.

'빵' 크랙션 소리에 놀라 구석으로 피했다. 자동차는 이런 내 행동에는 아랑곳없이 지나치게 빠른 속도로 좁은 골목을 지나쳐갔다. 나는 정신을 차리고 주변을 둘러보았다. 내가 살고 있는 동네와 그다지 다르지 않은 분위기가 혹시라도 이곳도 재건축 광풍에 휩싸일지도 모른다는 불안감을 안겼다. 나는 주변 집을 둘러보며 골목을 지났다. 허리가 간지러웠다. 벅벅 긁다가 딱딱한 피부가 만져졌다. 내 몸은 어느새 엄마처럼 점점 변해갔다. 홍영감의 잔소리가 아니더라도 빨리 집을 구해야 할 때였다.

조급한 내 마음과 달리 아무리 낡고 오래된 반지하 공간이더라도 지금 나한테는 너무나 멀고 먼 별이었다. 집을 구하는 스트레스가 나를 압박해올 때마다 어디 산 속으로 들어가 사라지고 싶었다. 그것도 아니라면 시골 빈집에 틀어박히거나. 서울만 아니라면 사람이 살지 않는 낡고 오래된 빈 집쯤은 얼마든지 있지 않을까. 뉴스에서는 시골에 사람들이 없다고 난리던데. 서울에도 아무도 모른 채 방치된 빈집이 있을지 모른다. 내가 그나마 내 마음을 잘 알아주는 길선네에게 이런 고민을 말했더니, 길선네는 내 등짝을 손바닥으로 내리쳤다. 아이는 어떡할 거냐고. 아이라니, 참 내. 지금 내가 살 곳도 못 구하고 있는데 무슨 아이까지 요구한단 말인가.

엄마에게는 내가 있었다. 엄마는 나를 어떻게 갖게 됐는지 이야기해주지 않았다. 엄마가 인간의 모습을 한 상태에서 인간과 만나 나를 임신한 것일까. 그렇다면 나는 반은 인간의 피를 가졌을 것이다. 그게 아니라면 엄마는 인간의 모습을 한 우리 존재를 만나 나를 임신했을까. 아니면 그냥 우리 존재는 자라면 저절로 자신과 닮은 아이를 만들어내는지도 모르겠다.

엄마는 인간의 모습을 한 상태에서 역시 인간의 아기 같은 모습을 한 나를 낳았고, 엄마는 바로 우리 존재 본연의 모습으로 돌아갔다. 그게 우리 존재의 숙명이다. 원래부터 그렇고 지금도 100퍼센트 완벽한 인간인 홍영감, 가덕댁, 길선네는 엄마와 나에게 숨겨진 사정을 알 리 없다. 그냥 어쩌면 고아로 남겨졌을 나를 제대로 돌봐준 것이, 아니 인간의 모습을 완벽히 잃어버린 엄마를 함께 돌봐준 것이 고마울 따름이다. 물론 그 와중에 서운한 감정이 없었다면 거짓말이겠지만 그들이 이제껏 엄마와 나를 위해 헌신한 것만은 잊으면 안 된

다. 더 이상 내 미래까지 그들에게 떠넘겨서는 안 된다. 이제
는 내가 혼자서 알아서 해야 한다.

내가 이 빌라에서 엄마 없이 점점 자라 어느덧 초등학교에
들어갈 나이가 되자, 홍영감이 나를 학교에 데리고 갔다. 천
애고아라도 최소한 글을 읽고 쓸 줄은 알아야 한다고 당부하
며 말이다. 학교에서는 홍영감에게 서류니 뭐니 요구했지만,
홍영감의 똥고집은 그곳에서도 어쩌지 못했던 모양이었다.
어릴 때인데다가 별로 신경을 쓰지 않아 어떻게 해결됐는지
모르겠지만, 나도 초등학교에서 숫자와 한글, 기본적인 교육
과정을 배울 수 있었다.

노래를 부르고 춤을 추고 달리기를 하고. 가끔 동네 아이
들과 놀던 것을 넘어 이제는 내 짝도 생겼다. 어쨌거나 동네
에서나 학교에서는 홍영감의 숨겨진 친척아이라고 알려진
모양이었다. 그렇게 초등학교를 다니다 나는 학교를 그만두
었다. 더 이상 흥미를 느끼지 못했던 데다 아무도 나에게 계
속 학교를 다니라고 이야기를 하지 않았다.

나는 그냥 엄마 곁에 누워 있는 것이 좋았다. 그러면 엄마
는 인간의 노래와는 다른 리듬으로 나에게 엄마의 이야기, 우

리 존재의 이야기를 들려주었다. 그것이 내 가슴속으로 전달되어 나는 우리 존재의 운명에 대해 배워나갔다.

하지만 엄마는 엄마가 어떻게 나를 가지게 되었는지, 내 안에 인간의 피가 숨겨져 있었는지는 알려주지 않았다. 인간인 것처럼 꾸며 살다 어느 날 한자리에 고정한 채 평생 살아가야 하는 존재. 그것이 엄마와 나의 운명이다. 그것을 가슴속에 깨우친 순간부터 나는 더 이상 동네 아이들의 놀이나 학교에서 배우는 노래가 즐겁지 않았다. 나는 인간과 시작부터 달랐고 이제 그들이 상상도 할 수 없을 만큼 달라질 터였다.

그래도 그 생각은 내 가슴속에만 자리 잡았었다. 아직 나에게는 시간이 있다고, 언젠가 될지 모를 미래의 일이라고 여겼다. 동네에서 재건축을 한다며 조합이 설립되고 동의서를 받으러 다닐 즈음, 가덕댁은 내 몸에서 무언가 이상한 변화가 일어난다는 사실을 발견했다. 내 피부가 점점 바뀌고 있었다. 길선네는 그걸 보고 엄마가 나를 낳고 지하에서 이상한 모습으로 변해갈 때와 비슷하다고 이야기했다. 어느새 나는 엄마와 비슷한 모습으로 변하고 있었다.

내가 자라면서 엄마의 목소리는 점점 희미해졌다. 엄마는 내가 엄마와 같은 존재로 바뀐다면 엄마와 다시 대화할 수 있을 것이라고 노래해주었다. 그래서 엄마와 같은 존재로 바뀌고 있는 것이 슬프거나 고통스럽지 않았다. 단지 조금 두려웠다. 어느 누구도 내가 어떤 변화를 겪고 어떤 대비를 해야 한다고 말해주지 않았고, 말해줄 수도 없었기 때문이다. 이건 오롯이 나 혼자 감내해야할 문제였다.

동네 주민들이 재건축에 동의하는 비율이 압도적으로 높아지자, 동네에 이상한 열기가 느껴졌다. 그리고 그즈음 홍영감은 나에게 살 집을 구하라는 명령을 내렸다. 홍영감의 말이 아니더라도 슬슬 그럴 참이었다. 내가 엄마처럼 변하고 있다면 나만의 공간을 찾아야 한다. 그것이 말처럼 쉽지 않다는 사실을 집을 구하러 다니면서 뼈저리게 느꼈다. 나한테 돈이 있을 리 없다. '돈만 있으면 좋은 집을 구할 수 있을 텐데.' 나는 여느 인간과 똑같은 고민을 하며 한숨을 내쉬었다.

여전히 앞이 보이지 않는 미래를 생각하면서 나는 골목 어귀에 있는 한 부동산 매장으로 들어섰다.

"방 좀 볼까 하는데요."

"아, 네네. 잠깐만요."

마침 통화중이었던 중년 남자는 누군가에게 연신 사놓으면 돈 벌기 좋은 장소라고 말했다. 나는 비척거리며 주변에 서 있다가 그 옆 소파에 앉았다. 뭔가 내가 있어서는 안 될 자리에 있는 것 같은 불안감이 엄습했다. 홍영감과 가덕댁, 길선네와 있을 때와는 다른 불안감. 혹시라도 낯선 이들이 내가 인간이 아님을, 인간이 아닌 존재에게서 태어난 존재임을, 곧 인간이 아닌 존재로 변하게 될 것을 알아차릴까 두려웠다. 초등학교를 몇 년 다닌 것을 제외하고는 인간과의 접촉이 극히 적었던 것도 내 두려움을 키우는 원인이었다.

어느 날부턴가 나는 인간과 관계 맺기가 어려워졌다. 내가 가진 생각을 말로 표현하는 것이, 그들의 말과 표정에서 무언가 의미를 찾아내는 것이 까다로웠다. 반면 엄마는 나에게 내 가슴속에 바로 들어오는 리듬으로 나에게 말을 걸었고, 나에게 엄마와 우리 존재의 역사에 대해 알려주었다. 점차 그런 리듬에 익숙해지며 나는 인간과의 접촉을 최소한으로 줄였다.

홍영감 말에 의하면 나는 사회에 신고 되지 않은 아이라고 했다. 아마도 출생신고가 되지 않았다는 말일 텐데, 인간이 아닌 엄마에게서 태어났고 곧 인간이 아닌 존재로 변할 나에게 인간세계의 법칙은 아무 의미가 없다. 인간의 사회에 속하지 않는 나는 초등학교에서 만났던 평범한 아이들처럼 중학교와 고등학교를 거쳐 대학교를 가거나 직장을 잡거나 회사를 만들거나 결혼을 하고 아이를 낳는 평범한 일상을 꾸리지는 못할 것이다. 설령 내가 그런 것을 꿈꾸었던들 점차 엄마처럼 변해가는 내 모습이 그런 꿈을 포기하게 했으리라. 그 사이 부동산 사장이 전화를 끊었다.

"뭘 보시게?"

"방을 하나 찾고 있는데요."

"어떤 방요?"

"제가 혼자 살 건데요."

"그럼 원룸을 찾으시는 거죠?"

"네. 반지하나 지하도 괜찮고요."

나에게 가장 중요한 것은 반지하라는 조건이었다. 반지하 방은 다른 곳에 비해 저렴하다. 햇빛이 들지 않고 습기가 높으며 각종 벌레가 많아 어느 곳에 비해 단점이 많아서다. 하지만 다른 인간들에게는 단점이 될 이런 사항이 나에게는 큰

장점이었다. 일단 엄마만 봐도 그렇다. 엄마는 햇빛이 들지 않고 습한 지하 방에서 원래의 모습을 찾았다. 엄마에게 인간이 보면 소스라칠 벌레도 아무런 의미가 없었다. 부동산 주인은 한참 컴퓨터 화면을 보고 검색을 했다.

"얼마 정도 생각하고 있는데요?"

가장 중요한 돈 문제가 남았다. 나는 아저씨의 질문에 뭐라 답을 해야 할지 몰라 난감했다. 나에게는 돈이 없다. 홍영감이 집값은 조금 도와준다지만, 그 조금이 얼마일지는 전혀 감을 잡을 수 없었다. 그래도 동네에서 구두쇠로 유명한 홍영감이 혈육도 아닌 엄마를 보살피고 나한테까지 집값을 챙겨줄 만큼 우리를 생각한다는 사실이 놀라웠다. 그 금액은 그리 크지 않겠지만 아무런 기반도 없는 나에게 큰 도움이 될 것이다. 나는 곤란한 질문에는 답을 하지 않으면 인간이 알아서 자기 뜻대로 생각한다는 사실을 떠올리고 고개를 살짝 숙였다.

"으흠. 반지하도 괜찮다."

아저씨는 내 대답을 기다리지 않고 한참 혼잣말을 중얼거리며 옆 노트에 무언가를 적었다. 아마 적당한 방이 있는 모양이었다.

"한번 둘러봅시다."

아저씨는 자리에서 일어서며 옷걸이에 걸린 재킷을 걸치고 메모지를 챙겼다. 나도 얼떨결에 아저씨를 따라 나섰다. 이렇게 방을 보게 될 줄은 몰랐다.

"일단 원룸 위주로 한번 찾아봤어요. 반지하도 괜찮다니까 조금 저렴한 걸로. 젊은 총각이 혼자 사는 데는 반지하도 괜찮지."

아저씨는 나의 신상에 관해 이런 저런 질문을 했다. 나는 적당히 대답을 얼버무렸다. 아마도 아저씨는 이곳에서 몇 정거장 거리에 있는 전문대학에 다니는 학생이라고 오해를 한 모양이다. 아무렴 어떠랴.

반지하 방은 인기가 없다는 사실에 부합하게 아저씨가 보여준 방은 모두 비어 있었다. 그나마 한곳은 깨끗하게 도배되고 창문도 커 반지하답지 않게 꽤나 밝고 깨끗해 보였다. 나머지 두 곳은 지금 살고 있는 곳과 별반 다르지 않았다. 낮인데도 조명을 켜지 않으면 아무 것도 보이지 않을 만큼 캄캄했고 들어서자마자 곰팡내와 먼지 냄새가 풍겼다. 익숙하면서도 낯선 느낌이었다.

아저씨는 한번 보기나 하자며 새로 지은 빌라의 깨끗하고 넓으면서 아주 비싼 원룸과 옥탑방도 보여주었다. 내가 평범한 일반인이었다면 밝고 넓은 원룸과 옥탑방에 솔깃했을 것이다. 그리하여 부족한 돈에 좌절하고 실망했을 수도 있다. 하지만 내가 구하는 것은 어둠침침한 반지하나 지하 방이다. 내 표정에서 좋은 반응을 찾지 못했는지 아저씨는 방이 나오면 연락을 하겠다며 내 연락처를 물었다. 나는 으레 그래왔듯 길선네의 휴대폰 번호를 대고 부동산을 나섰다.

방을 보았고 가격을 들었다. 그 정도라고 생각하면 될까? 그러다 다른 궁금증이 들었다. 엄마는 홍영감과 가덕댁, 길선네의 보호를 받으며 빌라 지하에서 다른 존재로 산다. 그들은 엄마가 사는 공간 입구를 판자로 막았고 다른 이들이 근처에 가지 못하게 해 아직까지 엄마는 무사하다. 내가 구한 방에서 나 역시 다른 존재로 변한다면 과연 누가 나를 돌봐줄 것인가. 방을 차지한 내 존재가 인간의 눈에 섬뜩해 보일지도 모르는데, 나를 발견한 사람은 어떤 행동을 할까. 만약 그런 상황이 닥친다면 나는 방에 나무가 자란다는 사람들의 믿음 때문에 방에서 베어지고 세상에서 사라지게 될 것이다.

홍영감이 인간의 보호라고 그렇게 강조하는 것은 바로 이런 의미가 있다. 그런데 나는 어떤 인간에게 보호해달라고 해야 하는지 의문이었다. 홍영감과 가덕댁, 길선네는 현재 빌라에서 엄마와 나를 돌보고 있다. 재건축이 시작된다면 엄마는 동네 집과 함께 사라질 테고 홍영감, 가덕댁, 길선네 역시 뿔뿔이 흩어질 것이다.

계속 나를 보호해 달라고 요청하기에는 그들의 나이가 너무 많다. 그들은 어느새 세상에서 사라지는 일도 느긋하게 기다릴 줄 아는 나이가 되었다. 그렇다고 새로운 인물을 찾자니 머리가 아팠다. 엄마는 어떻게 홍영감과 가덕댁, 길선네의 마음을 사로잡았을까. 인간의 아이 모양을 한 내가 그들의 보호 본능을 자극했을까. 아니면 짧은 시간 인간으로 살았던 엄마의 어떤 면이 그들에게 십년이 넘는 시간동안 엄마와 나를 돌보게 만들었던 것일까. 나는 내심 그것이 궁금했다. 항상 엄마가 들려주는 노래만 들었다. 엄마에게 질문할 것이 엄청나게 많은데, 엄마에게 무언가를 물어볼 기회는 없었다. 엄마는 내 목소리가 들리지 않는 양, 내 눈물이 느껴지지 않는 양 조용했다.

이래저래 고민이다. 방을 구해도 고민, 구하지 않는 것도 고민에 하소연할 사람이 없다는 답답함도 있었다. 나는 다시 한숨을 내쉬며 골목을 빠져나왔다. 이 많은 집 가운데 내 한 몸 누일 공간이 하나도 없다니. 터덜터덜 기운이 쭉 빠진 상태로 다시 집으로 향했다. 집 이외에는 갈 곳이 없으니 어쩔 수 없다.

"이 놈이 구하라는 방은 구하지 않고, 한가하게 산책이나 하고 있어!"

그럼 그렇지. 막 빌라 문을 들어서는 동시에, 천둥과 같은 홍영감의 고함 소리가 들려왔다. 그냥 홍영감의 말을 무시하고 방으로 들어가려다 부동산에서 본 방 이야기를 꺼냈다. 부동산 사장은 낡은 빌라의 아주 작은 반지하 방이라도 전세가 이천만원에서 삼천만원 정도 한다고 전했다. 나는 근처 동네에서 방을 보고 왔고 대충 가격이 그 정도 된다고 홍영감에게 말했다. 과연 그 정도가 홍영감이 지원해준다는 정도인지 궁금했다. 홍영감은 눈을 동그랗게 떴다.

"무슨 방값이 그렇게 비싸? 지하인데도 몇 천이나 하는 거야?"

"네."

나는 입안에 잔뜩 사탕을 문 것처럼 볼멘소리를 냈다. 한동안 홍영감은 대답이 없었다. 쌤통이다. 홍영감이 생각한 금액 가지고는 근처에서 반지하 방을 구하기는 틀렸다.

"그나저나 이 녀석, 여기저기 개발한다고 집값이며 땅값이며 엄청 올랐는데, 이 근처에서만 방을 찾으면 어떡해? 서울이든 경기도든 더 싼 데를 찾아 다녀야지. 네 녀석은 좀 특별하잖아. 방만 보지 말고, 상황도 고려해야지."

아니나 다를까 홍영감은 다시 내 탓을 하며 언성을 높였다. 이럴 줄 알았다. 홍영감과 대화를 하면 결국은 내가 혼나는 걸로 끝난다는 사실을 절대 잊으면 안 된다. 나는 한숨을 내쉬며 알았다는 듯 고개를 끄덕였다.

"여기 말고 버스나 지하철 타고 다른 데도 가서 찾아봐. 젊은 놈이 게으르게 근처만 돌아다니면 쓰나."

홍영감은 한참 나를 꾸짖고는 헛기침 소리를 내며 밖으로 나갔다. 나는 방에 들어와 누웠다. 엄마의 손길이 그리웠다. 이렇게 누워 있으면 엄마가 느껴졌다. 그냥 재건축할 때 사라

지는 한이 있더라도 엄마 곁에서 엄마와 같은 존재로 남는 것
은 안 되는지 생각했다.

설핏 잠이 들었을까. 바깥에서 들리는 소리에 잠에서 깼다.
홍영감이었다. 역시나 이번에도 술에 취해 술주정을 하고 있
었다. 내가 잠들어있던 방은 한밤중처럼 어두워졌다. 시간을
확인하니 아직 오후 다섯 시도 되지 않았다. 꼬르륵, 배에서
소리가 났다. 아직까지 인간의 몸을 하고 있는 이상 배가 고
프고 목이 마르고 배설욕구가 생기는 것은 어쩔 수 없다.

엄마는 무엇을 먹으며 살까. 공원 나무처럼 물을 마실까.
보통 식물은 햇빛을 보고 광합성작용을 해서 영양을 만든다
고 배웠다. 햇빛을 보지 못하는 엄마는 그냥 물로만 배를 채
울지, 그게 아니면 다른 무언가를 먹을지 궁금했다. 움직이지
않으면 피곤해지거나 병에 걸려 아프지는 않는지도 묻고 싶
었다. 나는 나무처럼 변해버린, 아니 원래 우리 존재의 모습
으로 돌아간 엄마를 떠올리며 인간의 삶과 비교해보았다.

홍영감의 고함소리는 한동안 계속되었다. 나는 깜깜한 방
안에 누워 있다 내가 갖고 있는 돈을 확인했다. 가끔 폐지와
재활용품을 주워 근처 고물상에 갖다 주고 받는 돈과 가덕댁

과 길선네를 도와주고 받는 용돈이래야 얼마 되지 않았다. 그 돈을 들고 홍영감이 보이지 않는지 확인하고 빌라를 나와 버스정류장으로 향했다. 버스를 타고 40여분 달려 대형쇼핑몰 옆 공원으로 향했다. 내가 사는 동네에도 놀이터가 달린 작은 공원과 산책로가 있지만 왠지 이곳에 오고 싶어졌다.

어느새 쇼핑몰과 주변 빌딩들, 그리고 멀리 보이는 아파트는 하나둘 조명을 밝히기 시작했다. 공원 내 산책로 가로등에도 불이 들어왔다. 어둑어둑해졌지만 공원에는 사람이 많았다. 나는 근처 벤치에 앉아 빵집에서 산 빵을 씹고 집에서 떠온 물을 마셨다. 배가 다 차지는 않았지만 오늘은 이 정도에서 만족하기로 했다.

나를 볼 때마다 삐쩍 말랐다고 안타까워하는 가덕댁의 말소리가 다시 들리는 듯했다. 하지만 내 몸이 점점 변하고 있어서인지 인간의 식욕은 여전했지만 소화가 제대로 되지 않았다. 나도 이제 인간의 먹을 것을 버리고 엄마처럼 내 존재들이 생존을 위해 먹는 무언가를 섭취할 때가 된 모양이다. 물은 하염없이 들어가는 것을 보면 우리 존재에게 물은 여느 식물처럼 정말 중요해 보인다.

이 공원에 올 때마다 그랬듯이 천천히 다른 사람들처럼 공원을 산책했다. 이렇게 늦은 시간에 온 것은 처음이었다. 저녁 공원이 이렇게 운치 있다니 놀랐다. 주로 낮 시간에 찾았지만 평소에도 이 공원에 와 공원을 거닐며 흙냄새를 맡고 나무에 달린 잎사귀의 다양한 색채를 즐기고 새소리를 감상하며 시간을 보내는 것이 좋았다. 긴 산책로를 천천히 걷다보면 마음이 안정되었다. 그럴 때마다 근처 쇼핑몰과 빌딩, 아파트를 바라보았다. 그곳에서 회사를 다니는 사람들, 아파트에 사는 사람들은 얼마나 좋을까. 이렇게 조금만 걸으면 마음을 안정시키는 훌륭한 공원이 있는데.

부동산에 대해 아무런 지식도 없는 내가 이렇게 좋아할 정도면 모든 인간들에게 이곳이 얼마나 좋아보일지는 뻔하다. 이곳은 중심지이기도 했지만, 집값이 비싸기로 유명했다. 비싼 아파트값으로 뉴스에 자주 등장할 정도니 그 금액은 내가 상상할 수도 없을 것이다. 산책로를 걸을 때마다 점점 많은 아파트에 불이 켜졌다. 안락한 집으로 돌아와 저녁을 먹고 텔레비전을 보고 휴식을 취할 사람들의 모습을 떠올렸다. 그들의 일상과 그들의 미래를 나는 결코 갖지 못한다 생각하니 괜스레 슬펐다. 인간도 아니면서 인간의 욕망을 강하게 느끼는 나는 이곳에서도 방황만 하고 있다.

이 장소를 알게 된 것은 아이러니하게도 홍영감 덕분이었다. 어느 날 홍영감은 나를 데리고 이 공원에 왔다. 무슨 일인가 했는데 홍영감이 좋아하는 정치인인지 누군가가 이곳에서 선거운동을 한다나. 그렇게 좋아할 일이면 혼자 올 것이지 왜 나를 데려오나 투덜댔다.

공원에 마련된 작은 공연장에는 똑같은 색 점퍼를 입은 사람들 몇 십 명이 큰 음악을 틀어놓고 모였다. 그곳에는 이미 홍영감 비슷한 나이인 노인들이 꽤 많이 모여 있었다. 나는 그 모임에서 가장 어린 축에 속했다. 당연히 그런 자리에 끌고 가는 홍영감이 미웠다. 쭈뼛거리며 홍영감의 손에 이끌려 그곳으로 갔고, 눈치를 보다 곧 자리에서 벗어났다. 홍영감이 나를 뭐라 소개했는지는 모르겠지만 다른 노인들이 마음에 드는 젊은이라고 칭찬하는 소리가 내 귀에까지 들렸다.

나는 홍영감과 같은 노인들이 모인 무리에서 제법 떨어진 벤치에 앉았다. 음악소리는 그곳까지 쿵쾅거리며 들렸고, 산책하던 사람들은 투덜댔다. 그것이 내 탓인 양 괜히 얼굴이

붉어져 공원 주변을 둘러보았다. 공원은 꽤 넓었다. 큰 연못이 있고 연못을 둘러싸고 산책로와 벤치, 나무가 있었다. 한참을 돌아보다 홍영감이 있는 곳을 놓칠까 걱정했다.

나는 공원을 걸으며 대형쇼핑몰과 빌딩을 직접 처음 보았다. 텔레비전이나 사진에서 보던 것과 달라 보였지만 눈을 뗄 수가 없었다. 공원을 산책하는 사람들은 나와 달리 쇼핑몰이나 빌딩에는 눈도 돌리지 않고 걷고 달리고 대화하는 데만 열중했다. 이 사람들에게는 공원을 둘러싼 화려한 주변이 신기해 보이지 않는 모양이었다. 그날 나는 홍영감이 나에게 건네준 유인물을 잔뜩 들고 버스를 타고 집에 왔지만 불평은 나오지 않았다. 이런 장소를 알게 된 것만으로 행복했다.

나는 이 공간과 첫눈에 사랑에 빠졌다. 내 또래의 사람들이 이성에 눈을 뜨고 열을 올리는 것과 달리, 나는 이 공원을 사랑하게 되었다. 다행스럽게도 공원과 집근처를 지나는 버스가 있었다. 나는 버스비가 마련되고 시간이 있으면 이곳에 왔다. 인간들이 힐링이라고 하는 용어가 무엇인지, 이 공원 벤치에 앉아 주변을 둘러보고 산책을 하면서 깨달았다.

나의 행복은 상상의 산물에 불과했다. 딱 봐도 비싸 보이는 공간, 그리고 실제로도 비싼 집값으로도 유명한 공간. 내가 살 곳, 아니 지낼 곳, 아니 내가 인간과 다른 존재로 돌아가야 할 집을 찾게 되면서 나는 이 공원을 자주 떠올렸다. 이 공원에 있으면 행복했지만 그 행복이 진정한 행복이 아님을 처절하게 깨달았다. 나는 내가 있어야 할 곳을 찾아야했고, 그곳은 이곳이 아니었으며, 내가 가진 지원만으로는 이런 행복을 얻을 수 없었다. 행복했지만 행복하지 않은 곳. 그런 양면성을 가진 공간으로서 이 장소는 그래서 나에게 더 특별했는지 모른다.

나는 점점 어둑해지는 공원에서 한때 홍영감과 노인들이 모였던 공연장에 자리를 잡았다. 근처에 나와 같은 젊은이들이 있어 위화감이 덜했다. 그 사이 공원은 점점 어두워졌지만 동시에 근처 쇼핑몰과 빌딩, 아파트에서 뿜어내는 조명 빛으로 환해졌다. 인간도 아닌 내가 인간이 만든 가장 인공적인 이런 조명에 감탄하다니 이해가 안 되었다. 그게 인간이 말하는 감정이라는 것이겠지. 이성으로는 절대로 이해할 수 없는 그것 말이다. 그런 면에서는 나는 인간과 제법 닮았는지도 모르겠다. 아니 현재 내가 인간의 모습을 하고 있기에 인간과 같은 이성과 감성을 느끼는지도 모르겠다. 엄마처럼 내가 원래 우리 존재의 모습으로 돌아간다면 이런 이성과 감성과 같은 느낌은 사라질 수도 있다. 나는 한참 어두워져서야 집으로 돌아왔다. 집으로 돌아가는 길은 무겁고 착잡했다. 내 행복은 그렇게 점점 멀어졌다.

샤워를 하면 딱딱하던 피부도 조금은 말랑해졌다. 하지만 시간이 갈수록 점점 내 피부는 딱딱해졌고 말랑해지는 시간도 짧아졌다. 그리고 내 마음속에는 위기감과 불안감이 거세졌다. 내 본능이 부르는 것이다. 빨리 내가 존재해야 할 장소를 찾아야 한다는 경고음이다.

나는 근처 부동산을 다시 찾았고 홍영감의 당부대로 좀 더 먼 곳까지 방문했다. 그럼에도 마땅한 장소를 찾을 수 없었다. 아니 마땅한 곳이 있는데도 불구하고 내 마음이 그 장소를 찾기를 거부했는지도 모르겠다.

나는 점점 그냥 한 곳에 누워 쉬고 싶었다. 식욕도 점점 줄었다. 이게 모두 다 엄마와 비슷한 증상을 보이는 것이리라. 나는 점점 변하고 있다. 그러니 당장 빨리 내가 있어야 할 곳을 찾아야 한다. 내 옷 속을 들춰보지 않아도 가덕댁과 길선네는 내 변화를 눈치 챘다. 빨리 집을 찾아야 한다며 주변을 수소문했지만 두 사람이 알고 있는 장소래야 뻔했고 대부분 재건축의 굴레를 벗어나지 못했다. 나는 점점 더 다급해졌다. 이제 생존의 문제가 달린 상황이니 어쩔 수 없다. 그동안 꾸중만 하던 홍영감도 내심 내가 갈 곳이 없나 알아보는 모양이었다.

그리고 드디어 그날이 왔다. 방에 누워 있는데 더 이상 일어설 수 없다는 생각이 들었다. 내 몸은 그야말로 방안에 착 달라붙어 있었다. 몸을 방바닥에서 떼어낼 수가 없었다. 이대로 달라붙어 이곳에서 평생 누워 있었으면 좋겠다는 생각이 들었다. 그러자 나는 아예 편하게 방바닥에 누워 눈을 감았다. '이대로 끝났으면 좋겠다.'라고 생각하면서.

그러자 한동안 들려오지 않았던 엄마의 목소리가 들렸다. 그게 내가 어릴 때 듣던 엄마의 목소리가 맞는지는 기억나지 않았다.

'제발, 애야, 일어나야지. 일어나서 네가 원하는 곳을 찾아가거라.'

나는 그 목소리를 듣자 울컥 눈물이 쏟아졌다. 집을 구하는 것이, 인간이 절대로 좋아하지 않을 낡고 어둡고 습한 작은 방 한 칸을 찾는 것이 얼마나 어려운지, 돈도 없고 아무런 기반도 없는 상황에서 집을 찾는 게 얼마나 힘든지 떠올라 서러웠다.

엄마 역시 곧 몸이 변할 테고 곧 세상에 나올 내가 있었으니 과거 엄마는 지금 나보다 더 힘들었을 것이다. 그래도 내가 얼마나 힘든지 아느냐고 엄마에게 투정을 부리고 싶었다. 그렇게 한참을 흑흑거리며 울었다. 그런 나에게 엄마의 숨결인 듯 위로해주는 리듬이 나에게 전달되었다.

한참 울고 난 데다 엄마의 위로까지 받고 나니 조금 힘이 났다. 엄마가 원하는 대로 내가 있어야 할 곳을 찾아야 했다. 이곳은 곧 재건축이 될 곳이다. 실제로 건물이 철거되고 아파트가 시공되기까지 얼마의 시간이 걸릴지 누가 아느냐고 동네 사람들은 말했지만, 언제든 사라질 장소라는 불안감을 안고 살 필요는 없었다. 나는 돈을 챙기고 무작정 빌라를 나섰다.

한밤중이었다. 어두운 가로등 불빛을 의지해 밖으로 나섰지만 갈 곳은 없었다. 이런 밤중에 방을 보여주는 부동산이 있을 리 없다. 게다가 방을 본대도 이상한 조건만 따질 텐데 그들이 얼마나 나를 이상하게 생각할까 걱정도 되었다. 그러다 그 공원으로 가는 버스가 보이기에 있는 힘껏 달려가 버스를 탔다. 아마도 거의 막차인 듯했다. 얼마 전 늦은 시간대의 공원을 다녀오긴 했지만 그보다 더 늦은 한밤중 공원이 어떨지 상상이 되지 않았다. 점차 거리에는 사람이 사라지고 도시의 빛을 밤의 어둠이 이기고 있었다.

사람의 흔적이 사라지고 쓸쓸함만 남은 공원을 상상했는데 뜻밖에 한밤중 공원은 제법 괜찮았다. 주변 쇼핑몰과 빌딩, 아파트에서 뿜어져 나오는 조명과 공원 가로등 불빛은 새로운 길을 보여주는 듯 열을 맞추어 나를 반겼다. 뜻밖에도 공원에는 사람들이 정말 많았다. 한밤중에 이렇게 공원을 산책하는 사람들이 많을 줄은 몰랐다. 하하 호호 웃으며 대화를 나누는 사람들 사이에 있으니 도리어 내 외로움이 더 커졌다. 혼자 내 자리를 찾아야 한다고 몇 번이나 다짐했지만, 그것이 이렇게 외롭고 고독한 일일 줄이야.

공원 벤치는 모두 사람들이 자리를 차지했다. 조금 걸었을 뿐인데도 몸이 피로했다. 다리가 천근만근 아팠다. 나는 앉을 만한 장소를 찾았다. 그러다 공원 안쪽으로 들어갔다. 항상 공원 산책로를 걸었을 뿐, 잔디밭을 밟아 나무가 심겨진 안으로 들어와 볼 생각을 하지 못했다. 안쪽으로 들어서자 공원을 산책하는 사람들의 목소리는 들려왔지만 제법 조용했다. 주변에 사람들도 보이지 않았다.

나는 큰 단풍나무 근처 수풀에 앉았다. 몸이 편해졌다. 한참을 앉아있다 나는 아예 그곳에 드러누웠다. 흙냄새, 풀냄새, 그리고 무언가 내 감성을 두드리는 냄새들. 근처에 눕자 나무와 하늘, 주변 빌딩의 조명이 내 눈으로 쏟아졌다. 나는 다시 눈을 감았다. 그리고 무릎을 구부려 두 팔로 감싸 안았다. 엄마는 햇빛을 피하라고 했지만 이곳은 분명 햇빛이 잘 들 것이다. 인간의 도움도 못 받을 테고.

엄마에게는 인간의 도움이 절실한 내가 있었지만 나는 그럴 필요는 없다. 그냥 나 혼자만 잘 지내면 그것으로 끝이다. 나는 그런 생각을 하며 점차 흙 안으로 안겼다. 홍영감과 가덕댁, 길선네는 내가 보이지 않으면 어떻게 생각할까. 내가 무사히 지낼 곳을 구했다고 믿으며 안심할지, 내가 어디 이상한 곳에 있다 믿으며 걱정할지 알 수 없다. 혹시 홍영감은 다시 이 공원을 찾았다가 나를 발견하고 알아볼 수 있을까.

점점 내 피부는 따뜻하면서도 차갑고 부드러우면서도 딱딱해진다. 그렇게 나는 점점 흙속으로 들어간다. 그리고 점점 내 본래의 존재로 돌아갈 준비를 했다. '엄마가 원하는 장소는 이곳이 아닌데.'라는 생각과 '그래도 내가 좋아하는 장소를 찾았으니 됐다.'는 생각이 공존했다. 점차 흙속으로 들어가는 와중에 나는 엄마의 소리를 들었다. 너무 멀어 제대로 들리지 않았지만 엄마의 목소리가 분명했다. 엄마는 내가 어디에서 잠들었는지 알아챘는지 그리하여 제대로 된 장소가 아니라고 걱정하는지는 알 수 없었다. 아직 엄마의 목소리는 너무 작았다. 내가 좀 더 내 존재에 가까워진다면 엄마의 목소리를 더 잘 알아들을 수 있겠지. 그렇다면 비록 엄마와 멀어지게 되었지만 내 외로움은 옅어질 것이다.

그러다 나는 엄마 외에 다른 목소리도 들린다는 사실을 알아챘다. 엄마보다 더 미약한 목소리였지만 우리 같은 누군가가 있었다. 그것은 자신의 존재를 알리고 있었다. 나는 점차 이곳과 동화되었다. 우리 존재가 햇빛을 받는다면 어떻게 될지 궁금해졌다. 아마도 그 결과는 내가 어떻게 변하느냐에 따라 달렸겠지. 나는 점점 가라앉았고 내 몸에서는 인간이었던 부분이 사라지고 점점 내 존재로서의 껍데기가 나왔다. 나는 이제 사라졌고 다시 나타났다. 새로운 시작이었다.

나의 빌라

초판 1쇄   2018년 8월 3일

지은이   이한나
펴낸이   이지현
디자인   정미영

펴낸곳   도서출판 카노푸스
출판등록   제 2016-000109호
주소   서울시 송파구 법원로 9길 26 C동 3층 R327호
전화   070-8221-0021
팩스   02-6924-8446
이메일   siriusbooks@naver.com

ISBN   979-11-956440-4-9 03810

* 책값은 뒤표지에 있습니다.
* 도서출판 카노푸스는 도서출판 시리우스의 임프린트 출판사입니다.
* 이 도서의 국립중앙도서관 출판예정도서목록(CIP)은 서지정보유통지원시스템 홈페이지
  (http://seoji.nl.go.kr)와 국가자료공동목록시스템(http://www.nl.go.kr/kolisnet)에서 이
  용하실 수 있습니다.(CIP제어번호: CIP2018022134)

Photo by Jeremy Bishop on Unsplash